COLLECTION FOLIO

Philippe Le Guillou

Le donjon de Lonveigh

Avant-propos inédit de l'auteur

Gallimard

Philippe Le Guillou est né en 1959. Il est inspecteur général de l'Éducation nationale. Il a reçu le prix Méditerranée en 1990 pour *La rumeur du soleil,* le prix Trévarez pour *Le passage de l'Aulne,* le prix Médicis en 1997 pour *Les sept noms du peintre,* le prix des Écrivains croyants en 2013 pour *Le pont des anges.* Il a publié notamment *Livres des guerriers d'or, Stèles à de Gaulle* suivi de *Je regarde passer les chimères, Le déjeuner des bords de Loire, Les marées du Faou, La consolation, Fleurs de tempête, Le dernier veilleur de Bretagne, Le bateau Brume, L'intimité de la rivière, Le chemin des livres* et *Les années insulaires.*

AVANT-PROPOS

Je ne relis jamais mes livres. Ce sont comme des peaux mortes, des défroques lointaines, je continue à être appelé par les textes à venir, ce sont eux qui m'excitent et aimantent ma songerie. Il a suffi qu'un ami proche me parle du *Donjon de Lonveigh* — un de ces proches dont l'avis fait autorité — pour que je me décide à revenir, plus de vingt ans après, vers cette fiction irlandaise parue en 1991, le deuxième de mes romans à être publié sous la belle couverture blanche frappée du sceau de la N.R.F.

Des livres, de ses propres livres surtout, on conserve le souvenir des conditions et du contexte de leur éclosion. Ici, en l'espèce, la suture ardente de la trentaine, les premiers pas dans une vie libre et affirmée, le dégagement des inhibitions de l'adolescence. Le choix proclamé d'une certaine conception du roman, poétique, mythique, initiatique. Le vrai roman selon moi, affranchi des lourdeurs du réalisme et des contraintes de l'« universel reportage ». Une littérature de l'incandescence, des mots jetés, de la *liberté grande* de celui qui ne craint pas d'attaquer le massif des fictions hautaines et intimidantes.

Plus anecdotique, plus savoureux aussi, il y a également, quand on se replonge dans une histoire si détachée, si distante, le tuf des combustibles et des ferments qui, à l'origine, dans les profondeurs inconscientes, ont nourri l'écriture. Pour celui qui l'a créé, le roman porte toujours en filigrane ses secrets de fabrique. Et, à cet égard, la lecture de *Lonveigh* aura vite ravivé des souvenirs qui flottaient en moi et que la fréquentation des pages de ce livre sombre et mouillé aura ressuscités et coagulés, me laissant à penser qu'un romancier n'a pas à tenir de journal ou à écrire le récit de sa vie, ses fictions étant comme les reliquaires où il dépose, au passage, la trace ou la matière de ce qui le hantait à ce moment-là de son existence. Ici, donc, le patronyme tout juste transformé d'un de mes étudiants au nom aristocratique, la découverte du Donegal et plus précisément, au milieu des loughs et des tourbières, du domaine de Glenveigh, la rencontre de Michel Mohrt et sa réception officielle à l'automne de 1989 dans sa ville natale, Morlaix, qui l'avait jusqu'alors boudé, un certain acquiescement aux sortilèges, au mystère, à une sorte de « légendaire de la mort », entre Barbey d'Aurevilly et Gracq, Argol et la lande de Lessay. À cet égard, le parcours d'une fiction devenue, d'une certaine manière, étrangère, aura fait affleurer, avec une acuité et une présence que je ne pouvais pas soupçonner, le climat intellectuel et affectif dans lequel je baignais alors, fait de vertige et d'inquiétude, de déchirement et d'*érosion intérieure*, cette alliance souvent rencontrée d'Éros et de Thanatos, de mort et de désir, qui expose les vies à ce qu'il y a de plus terrible et de plus grand, de plus incertain et de plus dangereux aussi. Écrire, ce n'est pas seulement tisser des mots et des histoires. Écrire, c'est avant tout exposer sa vie à un certain péril, et Thomas Daigre, cet écrivain d'aigreur, en est plus que le symbole, l'incarnation ultime et vénéneuse.

Je me souviens donc... De Michel Mohrt dont la proscription morlaisienne me fascinait, de Beckett que je lisais beaucoup alors, d'un ange rieur qui s'effaçait, d'un autre en pardessus chiné, abyssal et torturé, fou de Kafka, de mon grand-père maternel qui allait, en ce printemps 1990, rejoindre, de l'autre côté des eaux, ses compagnons engloutis du *Phénix*. Je me souviens, peut-être plus encore, d'une émotion, d'un bouleversement, d'une sorte de dépaysement qui tenait du ressourcement.

En août 1988, j'avais accompagné Claudine et Hervé Glot en Irlande. Grâce à eux, j'avais découvert les tourbières et les loughs, Glenveigh et la Chaussée des Géants, les lumières mouillées, les vastitudes vertes, les murets qui cloisonnent les parcelles, un Finistère originel et surmultiplié. Oui l'émotion avait été telle que ces paysages originels avaient pris possession de moi, au point d'occuper tout l'espace des fictions futures, l'Irlande souveraine et magique, chthonienne et humide, sauvage, impénétrable. Et dans le roman que j'allais écrire — et qui prendrait place entre la Rivière-Dieu et l'Aulne... — elle aurait toute sa place, la première. Cela n'échapperait évidemment pas à mes lecteurs, et aux deux dont l'avis comptait pour moi plus que tout. Dans une lettre postée de Saint-Florent-le-Vieil début août 1991, Julien Gracq se dit sensible au paysage des extrêmes avancées occidentales qui tournent le dos si décidément à l'Europe des Lumières et de l'humanisme tempéré et songe à la villégiature irlandaise finale de De Gaulle. Dans son papier du *Figaro* d'octobre 1991, sous le beau titre « L'aigle blessé », s'il s'attarde au mystère de l'écrivain reclus — ce que ne fait pas Gracq —, Grainville s'attache surtout à l'évocation de l'Irlande, « amante funèbre et féerique de Thomas Daigre », « terre immémoriale, comme cendreuse, calcinée, creusée de lacs et de galeries ».

J'écrivais cet avant-propos lorsque j'ai reçu une longue lettre, une de ces lettres ardentes et passionnées que seuls savent écrire les amoureux et les fervents, les provinciaux et les gens vrais, ceux qui, en un siècle marqué par le désenchantement, la sécularisation et le reflux de la chose écrite, lisent les romanciers, les admirent et désirent avoir commerce avec eux. Elle m'arrivait de Normandie, elle était l'œuvre d'un jeune homme qui n'avait pas trente ans, étudiait la médecine et non les lettres, et m'avouait être venu à mes livres par *Lonveigh*. La brûlure, l'incandescence, il les avait trouvées au contact de ce texte oublié, remisé. C'était un signe. C'était le signe qu'il fallait donner une seconde vie à ce roman de tourbières et d'enchantements noirs. Mes initiateurs irlandais sont les dédicataires du *Donjon de Lonveigh* et le demeurent naturellement. Ils comprendront — parce que je les sais foncièrement généreux et soucieux de transmission — que je dédie ces lignes liminaires à ce Guillaume de Normandie que je ne connais pas encore, ce jeune lecteur qui croit à la valeur des songes et à l'incarnation des œuvres et, à travers lui, à tous ceux qui pousseront les portes d'un lieu qui s'apparente toujours pour moi, plus de vingt ans après, à ce que, dans un livre superbe, Annie Le Brun appelle un « château de la subversion ».

PHILIPPE LE GUILLOU
Morlaix, 2 février 2014

À Claudine et Hervé Glot.

Il serait utile d'écrire les annales de ses désirs.

STENDHAL,
Journal, 8 novembre 1807.

On vient en Irlande quand on a le désir d'aller jusqu'au bout de son chaos.

T. D.

L'aigle

I

Du donjon de Lonveigh on ne saisit d'abord qu'un miroitement de tourbières, un damier raviné, traversé de fossés et de rigoles, puis l'œil bute contre l'énorme bouclier d'eau du lough. Le soleil qui tombe réunit dans son brasier le grand lac sous les collines qui ruissellent et la plaine tondue sous la lande. Au crépuscule, une multitude de feux éclate à la surface des terres. On dirait que l'énergie accumulée du jour se disperse en fumerolles entre la tourbière et le lough.

La marée est haute. Les eaux battent. Je regarde longuement la passe au sud, le défilé entre les corniches de schiste, l'embranchement du fjord sur les lointains de la mer. Le soleil déclinant s'y encastre, les flots bouillonnent dans la lumière, on ne sait qui de l'eau ou de l'astre attire l'autre. Face aux croisées mon bureau est situé à équidistance des tourbières et du lac. Par les baies symétriques j'embrasse la totalité du paysage. Il n'est pas loin le temps où l'on sortait encore des cadavres momifiés et de vieux ossements blanchis de l'épaisseur de la tourbe. J'ai toujours en mémoire l'image de ces longs fourreaux décharnés, plissés, macérés de rouille, que les hommes déposaient sur le carreau du pavillon de chasse.

Toutes les nuits je monte au donjon. Lonveigh s'étend à mes pieds, les jardins tortueux dans l'espacement des rocailles, les serres, la masse rabougrie et crénelée du château entre l'à-pic des landes et les rives du lac, l'atelier vitré de Florence, ma fille, qui elle aussi attend la nuit pour peindre. Je lui ai fait construire une espèce de longue serre sur un ponton qui s'avance dans le lough, proue flottante au bout des pierres de Lonveigh. Bientôt l'atelier illuminé relaiera l'extinction des feux de la lande et du lac. Ses lumignons brûlent dans la perspective du donjon.

J'attends. Je veille. Je passe des nuits à attendre. Un vieux whisky m'accompagne dans ma traversée. Je suis blindé, coriace. L'ivresse me tarde. Les nuits de tempête, tout vibre. La structure du donjon néo-gothique craque. D'autres fois, je reste des heures à écouter le ruissellement des pluies, le fracas des eaux contre les rives. Le château semble vide : nul bruit ne remonte du dédale des salles, des chambres, des galeries tapissées d'armures, des escaliers, des tourelles.

J'aime sentir cette architecture labyrinthique sous moi, ces pièces trop grandes, *inhabitées*, si peu praticables. L'ensemble a été reconstruit à la fin du siècle sur un périmètre de ruines. Seul le donjon appartenait au château initial, il a été simplement rehaussé.

Les lignes du paysage ont disparu, gommées par la nuit qui descend des collines et encercle ma tour. J'ai l'impression que mon donjon se tend, alors que la masse du château est happée par le lough. Les douves se remplissent, l'eau envahit la bibliothèque et les salons, et les corridors, les cuisines, la salle d'armes... Je ne me défais pas de cette vieille peur. De cette absorption de la matière, ravines de tourbe avec leurs cadavres aux manteaux de toile, engloutissement du fjord sous les pluies qui s'abattent des jours sans discontinuer. Il me faut alors la sécheresse relative du donjon, son habitacle étroit, sa chambre de veille au plus près de la coupole galactique.

La nuit est pure. Tissée d'un réseau d'astres clairs. La proximité des signes, des constellations, de leurs glaives et de leurs candélabres m'enchante. Tout comme m'enchante ce vieux territoire d'Irlande, ce Connemara rude, fracturé de fjords, de ravins profonds, de landes et de forêts à flanc d'abîme.

Je suis Thomas Daigre. Ce nom surgit, vide, identité mensongère, absente. Pas même un pseudonyme, non, le nom que j'ai toujours porté, rarement habité, je l'avoue. Les mots — ce nom y compris — ne dansent plus pour moi. Je leur préfère la poussière d'étoile sur l'écume du lough, la présence des tourbières anuitées, le foyer éclairé de l'atelier de Florence — et sa longue silhouette qui évolue derrière les murs de verre.

Le chevalet est immense, dressé au centre de la salle, et Florence s'élance sur la toile, projette la peinture en balafres rouges, faisceau de signes sagittaires. Ne serais-je plus que le voyeur de ma fille qui peint ? Il est vrai que j'éprouve une sourde jouissance à la regarder travailler, propulser les signes à la proue de Lonveigh. L'ivresse que je ne ressens plus, elle l'atteint, elle, et elle danse longtemps, saute, se cabre, puis s'abat parfois de longs moments au pied de la toile. J'attends qu'elle renaisse de sa prostration. Tout le temps qu'elle reste couchée, je connais l'hébétude, ma rêverie dérive, sans influx. Mais la transe est plus forte, elle repart, à nouveau la peinture jaillit. La toile est criblée d'un brasier de lances. Du donjon j'en devine le fourmillement. Il me semble qu'elle revit la folie qui me possédait quand, avant-guerre, j'écrivais *Angus* ou *La transparence de l'or*. Même décharge, même incandescence.

Mais, je le redis, les mots ne dansent plus pour moi.

*

J'arrivai à Lonveigh fin août. Il m'avait auparavant fallu traverser la lande, les sapinières et les champs de tourbe. Le paysage répétait à l'infini les mêmes composantes : herbes pluvieuses, terre grasse, douves et jonchées de bruyères. On entrait dans une cosmogonie sans âge, sans ancrage ; au détour de la route, dans la vibratilité d'une éclaircie, toute la mémoire du monde vous emportait.

J'avais loué une voiture à l'aéroport. Thomas Daigre m'attendait le 31 août. C'était la date qu'il avait lui-même fixée, dès que je lui avais proposé cette série d'entretiens.

Quelques années avant, j'avais trouvé, par le plus grand des hasards, dans la bibliothèque de la N.R.F., *Angus, Le Sagittaire* et *La transparence de l'or*. J'en avais immédiatement demandé la republication. On disait Thomas Daigre secret, difficile. J'avais moi-même établi la notice biographique pour la nouvelle édition de la trilogie. Des zones d'ombre subsistaient. Thomas Daigre avait quitté la France aussitôt après la guerre. Il avait ensuite enseigné aux U.S.A. Je m'étais procuré le texte des cours sur Proust, Genet et les surréalistes. J'en avais traduit quelques extraits pour accompagner les trois romans. Mais je voulais surtout voir Thomas Daigre. Bien entendu je le connaissais par photographie, j'avais maintes fois observé son visage de vieux rapace solitaire, l'air fermé, reclus. Je le savais en Irlande depuis le début des années 80, sa carrière de professeur achevée.

À tout hasard je lui écrivis. L'Université de Boston m'avait communiqué son adresse. Mes amis m'avaient déjà assuré que jamais il ne répondrait. Plusieurs mois passèrent. Je n'y croyais moi-même plus, quand je reçus aux Éditions une lettre de Thomas Daigre m'invitant à venir à Lonveigh dès que je le souhaiterais. Il se disait prêt à s'entretenir de tous les sujets, estimant venu le moment — c'étaient là ses mots — de « lever un certain nombre d'ambiguïtés ». Il n'avait qu'une exigence : ne pas être filmé.

Je partis seul. En principe pour quelques jours. Je n'avais aucune idée du déroulement du séjour. Je souhaitais bien sûr m'entretenir avec Thomas Daigre, mais j'avais surtout le secret désir de rapporter à Paris quelques manuscrits inédits. Il n'était pas pensable qu'il n'eût rien écrit depuis *La transparence de l'or*.

La route longeait maintenant le lac, légèrement en surplomb. J'avais franchi la passe au sud, et le cirque que décrivaient les collines, effacées par la brume, se rétrécissait jusqu'aux tourbières : ce n'est qu'aux derniers virages que j'aperçus, derrière des arbres qui semblaient jaillir de l'eau, la gigantesque masse rouge du château hérissé de tourelles, de faux remparts et de terrasses. Un donjon de briques surmontait l'ensemble.

Quel obscur désir satisfaisait-on en venant si loin, tout au fond du fjord ? La marée était haute et submergeait presque la route. Des cataractes dévalaient les pentes. L'humidité et la froidure m'assaillaient.

Le château isolé, tendu de mousses et de lichens, avec son donjon disproportionné, se dressait comme une prison insulaire au gré des eaux. La brume qui avançait en nappes avait fermé la passe. L'eau atteignait la route et la recouvrait par endroits. Un instant, je regrettai d'être venu. Un étrange pressentiment m'envahit. La cour, légèrement surélevée, échappait aux atteintes du lough. J'eus très froid. Il était trop tard pour rebrousser chemin. Une silhouette de vieillard sec m'apparut sur le perron.

II

Quelle est l'image qui parvient à s'imposer dans l'écheveau des souvenirs ? Plus encore que par l'homme, je fus saisi par le château, l'arroi du vestibule glacé, encombré de statues et d'armures, l'enfilade des salons lambrissés de boiseries sombres et tendus de toiles mangées par l'humidité et la moisissure, vastes corolles vénéneuses, grands paysages immergés du fond desquels surgissaient soleils mouillés et amoncellements de rocailles.

C'était comme si les impressions que j'avais retenues de ma remontée du lough se fussent soudain inscrites en longues coulures de suie, festons de rouille, épais drapé de mousse maligne. On eût dit qu'un automne définitif pesait sur Lonveigh : chape humide et froide, pluviosité frileuse que la fumée qui, provenant de quelque feu de bois mal ventilé, investissait les pièces, alourdissait encore. Et je suivais Thomas Daigre tout au long du labyrinthe, dans les courbes et les incurvations du dédale, fasciné déjà par la silhouette sautillante de ce vieil aigle rude, habitué à hanter la solitude de Lonveigh. Un majordome m'avait débarrassé de ma canadienne, nous parvenions à un vaste salon qui donnait sur le jardin :

— Vous voilà enfin, me dit Thomas Daigre, comme nous nous asseyions face aux fenêtres, je vous attendais avec impatience depuis que j'ai reçu votre lettre. Oui, je vous attendais. J'ai passé des journées à vous attendre...

J'objectai simplement que la date de mon arrivée avait été fixée dès le début.

— Cela n'est rien. Je vous attendais. Je vous propose aujourd'hui de visiter un peu le château. Quelques salles, ma bibliothèque et le donjon. Vous habiterez où vous voudrez : ici, ou au village, je vous y ai fait réserver une chambre...

Thomas Daigre était là, face à moi, vêtu d'un lainage gris à col roulé qui accentuait sa maigreur. C'était bien l'épervier acerbe et douloureux des photos, les traits du visage taillés sur l'os, comme un masque cendreux, la crinière blanche et léonine ramenée à l'arrière, l'œil inquisiteur. L'homme n'avait aucune chaleur. Il n'était pas désagréable non plus, distant. Depuis que j'étais entré à sa suite dans le château, il cultivait cet air de pharaon absent. Il m'expliqua en quelques mots — ce que je savais déjà — qu'il s'était installé à Lonveigh sitôt la retraite venue. Il voyageait encore, à Tolède, Venise et Florence, mais il resterait là jusqu'au début de l'hiver.

— J'attends rituellement, m'avoua-t-il en s'approchant de la fenêtre, l'apparition des cerfs. Ils sont encore sur les hauteurs et descendent début décembre. J'en tire quelques-uns. Cette année, c'est le tour de celui que j'ai baptisé Angus. Après, je pourrais partir en Italie… Venez, je vais vous montrer un peu la maison…

Il m'entraîna dans de nouvelles pièces qui ouvraient sur le parc. La nuit était complètement tombée ; dehors, ce n'étaient plus que fusains figés, masses charbonneuses. On entendait écumer le lac. L'éclairage était faible, déficient ; plusieurs lampes étaient mortes. Lonveigh paraissait mal entretenu.

— Vous savez… personne ne s'occupe du château… Il appartient à ma femme qui le déteste. Elle y vient rarement. Elle préfère vivre aux États-Unis. Ma fille et moi, nous aimons y être, mais je dois reconnaître que nous ne faisons pas grand-chose pour l'améliorer…

Le château vétuste semblait se fermer sur nous. Nulle rumeur ne parvenait plus de l'extérieur, nulle lumière non plus : les baies étaient opaques, constellées de coulures de pluie boueuse. Nous avancions dans l'entrelacs des salons : j'avais peine à me repérer tant les salles se ressemblaient, avec toujours les mêmes lambris, les mêmes garnitures de cheminée, les mêmes miroirs, le même mobilier victorien, les mêmes canapés de cuir craquelé. Tout cela était très laid, tristement répétitif, mais les choses changèrent lorsque Thomas Daigre m'introduisit dans ce qui avait été la salle d'armes, longue nef vitrée peuplée de marbres antiques et d'anges baroques dorés.

Il y avait là une multitude de candélabres et de pièces d'orfèvrerie liturgique, on eût cru un trésor amoncelé, empoussiéré, mal inventorié, un butin espagnol, un chargement de galéasse échoué sur ces rives d'Irlande. J'identifiai rapidement reliquaires et crucifix d'albâtre, bas-reliefs et fresques polychromes, châsses à l'écrin embrumé par la poussière des reliques. L'escalier qui menait au donjon naissait dans cette salle, la vis du colimaçon émergeait du désordre des objets sacrés.

J'avais le souffle coupé. Thomas Daigre ne m'avait rien dit de la provenance de ces merveilles. Incontestablement il y avait des pièces espagnoles et italiennes, bretonnes peut-être aussi. Thomas Daigre avait-il pillé quelques églises de sa Bretagne natale ? Le temps des questions n'était pas encore venu. J'avais dans les yeux le chatoiement des ostensoirs et des ciboires comme je me glissais dans l'étroit boyau du donjon. Les marches étaient ébréchées et déclives, dépourvues de rampe, ce qui rendait l'ascension plus difficile. Thomas Daigre avait retrouvé une subite jeunesse et il montait avec une grande vivacité.

Au sommet je découvris une pièce de taille restreinte, comme un habitacle de proue ; une table de buis était placée face aux baies, un bureau vide, pas un livre, pas la moindre feuille. L'extrême nudité du lieu me frappa. La table se soulevait à la façon d'un pupitre d'écolier et Thomas Daigre sortit du caisson que fermait l'abattant de bois une bouteille de whisky. Il s'assit dans la haute cathèdre de chêne qui faisait face aux croisées, puis m'invita à prendre place sur un tabouret devant lui. Ce serait là le cadre de nos rencontres : je le devinai avant même qu'il eût pris la parole.

— Vous aurez toute latitude pour m'interroger, mon ami, murmura-t-il en me tendant mon verre.

Buvons à la santé de Lonveigh et à la vôtre. J'ai réfléchi à la manière dont nous pourrions procéder. J'ai lu votre introduction à *Angus* et au *Sagittaire*. C'est pas mal. Un peu trop de mots peut-être, mais tout ce que vous dites est fort juste. Je comprends bien pourquoi vous avez aimé ces œuvres de jeunesse, ces *coagulations de l'inconscient*. Enfin... En France, on ne s'intéressait plus à moi avant votre signe. Vous êtes le premier, et c'est pour cela que je vous accorderai ce que je ne donne même pas aux étudiants anglo-saxons qui travaillent sur moi. Vous aurez toute latitude pour évoluer dans Lonveigh, interroger qui vous voudrez, fouiller dans mes archives et mes papiers, mais je ne vous donnerai que douze entretiens, peut-être moins, pas plus en tout cas, ici même, au sommet de ce donjon, douze nuits. Voilà la règle que j'ai fixée. J'espère qu'elle vous conviendra. Une fois sur deux, je choisirai le thème de l'entretien. L'autre fois, ce sera à vous. Libre à vous ou à moi de rompre si la manière de faire n'est pas convenable. Nous pourrons parler en toute liberté. Nous sommes seuls avec ma fille et le majordome. Susan, ma femme, doit rentrer je ne sais quand, mais cela ne changera rien à nos habitudes.

Je remerciai Thomas Daigre, et j'acceptai l'offre.

— Bien entendu, reprit-il, vous ne me filmerez pas. Je refuse toutes les interviews télévisées. Il y a quelques mois, j'ai failli accepter la proposition d'un cinéaste allemand. J'ai différé ma réponse. Florence, ma fille, me pressait d'accepter. Elle est peintre. Mais moi, que voulez-vous que je montre à un cinéaste, ma vieille gueule, cela est inutile, cela est vain...

Il avala une large gorgée de whisky. Je l'imitai : l'alcool était fortement tourbé.

— Oui, cela est vain. Mais je crois à nos rencontres. Surtout pour la France... Alors on me lit encore ?

Je lui appris que la totalité du premier tirage de la réédition avait été vendu.

— Cela me surprend. Beaucoup. Je pensais que la France m'avait oublié. Et elle l'avait fait. S'il n'y avait pas eu votre intervention qui, disons-le, est un peu folle... Je me croyais un écrivain mort. Fini. C'est gentil d'avoir ravivé la braise. On revend du Thomas Daigre. Aux États-Unis, je suis surtout connu comme conférencier et critique, pas comme romancier... Il est vrai que je n'ai rien écrit en français depuis *La transparence de l'or* et mes poèmes...

J'abandonnai Thomas Daigre à son donjon. Le majordome me raccompagna jusqu'au perron. Je préférais rentrer à l'hôtel. Le peu des appartements que j'avais entrevu avait suffi à m'oppresser.

La pluie tombait à verse. J'étais transi. Les essuie-glaces ne parvenaient plus à chasser l'eau. La route miroitait sous les phares. J'évitai les tourbières et me perdis. Au premier pub, je bus trois whiskies. Le village était loin encore, tassé au pied des falaises, au bord des grèves. Je baissai la vitre : l'iode et l'embrun arrivaient en rafales. J'étais ivre, épuisé, je revoyais à l'infini le sarment sec de Thomas Daigre, son profil cendreux, la cellule nue du donjon, la cathèdre, l'orgie des trésors dans la salle d'armes. Sa voix métallique, son accent américanisé m'obsédaient.

*

Le jardin d'hiver de l'hôtel domine la baie, la courbure du rivage et la ceinture des façades colorées. Une lumière ressuyée inonde la véranda des valétudinaires et blondit les corolles de rotin des fauteuils. Je me suis levé très tôt, je voulais vivre l'arrivée du jour sur la mer. Après la pluie de la veille, la crue du lough et les trombes, c'est un pur moment d'extase : le champ de vagues, le chaos des rochers, les falaises lacérées de failles et d'éboulis, et les prairies vert cru qui les surplombent.

Le ciel s'est dégagé d'un coup : la lumière frappe la plage et la terrasse, décape les vitres du jardin d'hiver ; entre la balustrade et le village, la mer déroule ses charges d'écume qui se fracassent en hautes gerbes contre les falaises. Des chevaux défilent sur la lise, taches sombres, et leurs silhouettes disparaissent dans le contre-jour. Le jardin d'hiver est vide. Pas un convive. L'hôtel est situé un peu à l'écart du village, en hauteur le long de la route côtière. L'horizon de mer happe le regard, les falaises déchiquetées, les accrocs de la lumière sur les pinacles des rocs, les geysers d'écume.

On resterait des heures à regarder la baie. Ce seul plaisir suffirait à justifier votre venue. Tout évolue très vite, le ciel change, se plombe, une foule de nuages surgit au-dessus des champs ; la mer, au même moment, se couvre, la lumière se brouille, chevauche dans les mailles de l'averse. Le vert des prairies s'éteint. Les foyers multiples, le prisme des vagues, les longues striures d'écume et la pluie avivent les impressions rétiniennes. L'œil est brûlé de mer, de soleil et de pluie matinale.

Le majordome a téléphoné à l'hôtel pour indiquer que Thomas Daigre était libre cette nuit. La journée s'offre, vacante. Je sais seulement que l'entretien portera sur les trois romans d'avant-guerre. Il paraissait normal de commencer par là. Je traîne, feuillette les œuvres, je dois être prêt à trouver au bon moment la citation. Puis m'étant très vite lassé de ce jeu, je prends la route, au hasard.

Il faut s'engager dans des chemins de traverse, peu carrossables, labourés d'ornières. La rumeur de la mer ne me quitte pas, tapie au pied des prairies. Les champs ondulent, compartimentés de murs bas, des ruines émergent parfois des herbes, anciennes fermes, maisons d'habitation récemment délaissées, éventrées par le vent. Alors que les falaises ne cessent de s'élever, l'eau bouillonne dans les cryptes, la houle longue de l'Atlantique se brise sur des enrochements rouillés, constellés d'algues et d'épaves. Le chemin est tracé à flanc d'abîme : il épouse l'enclave des gouffres.

Des pans de falaise se sont effondrés, révélant les strates successives de la roche. D'autres fois, le rivage s'est désolidarisé d'un îlot, la mer gronde dans la faille qui le sépare de la terre ; le sac des éléments a miné les assises, l'écume pulvérisée s'écrase sur le chemin.

J'ai faim de cette violence, de cette sauvagerie de mer hargneuse, armée d'éperons noirs, de ces gouffres, de ces cryptes qui résonnent sous l'herbe, de ces pierres truffées de cavités, de tombeaux de laminaires et de naufragés. La lumière mate délimite de grands boucliers au ras des eaux, ciel lisse, averse fine. Je roule, grisé d'écume, de vent. Je reconnais ce territoire d'Irlande dans l'extase et l'ivresse. Je ne parviens plus à m'arracher à la séduction des roches reptiliennes, magma des monstres, épaves cosmiques, armada d'îles et de terres démantelées, creusées par le flux, l'embrun. Il y a là une énergie, une force qui me vrillent.

La nuit venue, je gagne Lonveigh.

III

Tout était prêt quand j'arrivai au château. Le vieux majordome n'eut qu'à me désigner le chemin, Thomas Daigre attendait au donjon. Je dus retraverser la grande salle au mobilier baroque pour atteindre l'escalier. Les anges veillaient, ailes immobiles, gigantesques candélabres d'or. Comme le soir précédent, l'eau avait envahi la route. À quelques signes le long de ma promenade sur le bord de mer, en particulier aux vols d'oiseaux fous, j'avais pressenti la tempête.

Le repérage des sites marins m'avait chargé d'une nervosité qui avait peine à disparaître. Je trouvai ce soir-là Thomas Daigre plus sec, plus écorché encore. Peut-être était-ce seulement le fait de la mince veilleuse qui éclairait la cellule du donjon ; non, il semblait que Thomas Daigre s'était imposé avant cet entretien une sorte d'ascèse qui lui sculptait les maxillaires et le dessin des nerfs : d'emblée, je le devinai rongé d'une angoisse que je n'avais pas perçue la veille, un feu sourd lui brûlait les prunelles.

L'environnement était toujours aussi vide, Thomas Daigre était assis dans le même fauteuil ; au loin, près du lough, dans la perspective fuyante, on apercevait comme une énorme serre : les buis taillés et les fusains formaient une masse sombre, un labyrinthe de chicanes et de redents au bout duquel surgissait l'atelier en feu. Autour de nous, il y avait le ciel obscurci de nuages, la rumeur du lac.

— Florence n'est toujours pas arrivée... Elle tarde ce soir. Elle a fait éclairer son atelier. Pourtant la tempête lui donne généralement l'envie de peindre... En vous attendant toute cette journée, je me suis livré à la lecture de mon journal. Il y avait bien longtemps que je n'avais plongé dans ces vieilles fantasmagories. Bien longtemps, et pendant que vous vous promeniez sur la côte — la remarque me surprit —, je parcourais des pages et des pages, de mes dix-sept à mes vingt-sept ans... Longtemps j'avais cru ces pages perdues : je ne les ai récupérées qu'à la mort de ma mère. Elles étaient restées en Bretagne. Je savais qu'à la Libération la police les avait fouillées, les avait lues. Je n'y vois pas d'intérêt. Mais comme j'avais fui, il fallait sans doute trouver des justifications à ma fuite... J'ai la certitude aujourd'hui que ma mère aussi a lu ces lignes. J'ai vu dans les marges des annotations, des signes...

Il souleva alors l'abattant du pupitre et sortit en même temps le whisky et une énorme liasse de feuillets jaunis.

Il n'y a aucune raison légitime à tenir un journal. Et pourtant j'en ai noirci des pages. Il y a celles-ci, de l'adolescence et de la fuite, il y a aussi les pages d'Italie et des États-Unis, il y a les pages que j'écris encore aujourd'hui. Les pages d'Irlande, les plus chaotiques. On vient en Irlande quand on a le désir d'aller jusqu'au bout de son chaos. Vous allez voir, l'angoisse devrait bientôt naître, elle monte des eaux du lough... Je nous souhaite un automne pourrissant, j'aime quand l'odeur des tourbières spongieuses remonte jusque dans le donjon, ce fumet de cadavres millénaires sur la montagne et sur le lac, cette vieille pourriture, comme ces feuillets...

» ... Tout commence en 1936. Je ne me souvenais pas d'avoir commencé à écrire à dix-sept ans. J'ai relu avec surprise la description du Brest de mes études, la ville tortueuse, épineuse, avec ses ruelles, son chemin de Siam, ses douves, ses glacis, et surtout cette lumière qui lui est propre, chargée d'eau, incertaine, cette lumière que je retrouve parfois encore ici, pluvieuse, blême et légèrement, très légèrement dorée... Le château, les arsenaux, le bagne, les môles sur lesquels nous ne nous aventurions guère... Cette bogue de pierres océnaniques que j'ai revue quelques années après en cendres, avec toujours la même lumière qui flottait sur les décombres : c'était à l'automne 1944, parmi les immeubles effondrés, les cratères, les fosses et les cadavres. Le ciel était de plomb. Des mouettes charognardes tournoyaient. On découvrait la ville comme on ne l'avait jamais fait, ourlée d'écume noire... Les mouettes hurlaient... On enjambait des corps, uniformes terreux, dépouilles décapitées, membres épars, et la lumière, et le soleil, et la pluie répandaient sur la ville, ou sur son négatif, ou sur ses fondations d'Apocalypse une épouvantable odeur de charogne grillée, un mélange de charnier et de brasier, ombres pourries, brûlées, on ne savait trop...

» ... Il fallait sans cesse contourner les trous d'obus, les gravats, les pans de mur branlants. Des ferrailles tordues jonchaient le sol. De l'église Saint-Louis où j'avais le souvenir de messes radieuses, d'or et d'encens, il restait une carcasse de cendre... Le vent repoussait vers nous l'odeur de charogne. J'avais demandé à mon ami Olivier de m'accompagner. Nous avions fait la route depuis mon village du fond de la rade. Mes parents avaient fui Brest très tôt. Je voulais revoir notre maison, la froidure était tombée d'un coup, la pluie devenait insistante. La putréfaction s'amplifiait sous la pluie... Je crus que nous n'y arriverions jamais. La boue, les fosses, les pyramides de gravats compliquaient notre progression. Enfin, nous parvînmes à ce qui avait été la maison. Le quartier était rasé dans sa totalité... On devinait encore le périmètre de la cour... Je cherchai dans les décombres des signes, des indices. Rien. Plus rien. Si, une fontaine de faïence dans laquelle on se lavait les mains dans la cuisine... Unique et intact vestige...

» ... J'étais saisi, halluciné par le désastre et la puanteur. Je me serais volontiers couché de découragement dans l'une des failles qui nous encerclaient... La nuit venait... Il fallait rentrer d'urgence. Nous avions une trentaine de kilomètres à faire en vélo...

» ... La nuit, dans la maison glaciale, j'écrivis, beaucoup, jusqu'à l'épuisement, et surgissaient des images de villes foudroyées, murailles lézardées, quais éboulés, jonchés de cadavres verdâtres, tronçonnés, crucifiés par la mitraille... Cette journée avait signé pour moi le meurtre de la lumière. Depuis j'ai toujours vécu avec ce poids, cette angoisse, cette boue et cette puanteur.

» ... Je vais vous donner ces pages du journal. Les pages de 36 à 46. Ce sont, à mon avis, les plus intéressantes. Le journal est très incomplet. Il manque des mois entiers... Je me suis demandé toute cette journée si ce n'est pas ma mère qui les a fait disparaître. Pour qu'elles échappent à la police d'épuration ou pour d'autres motifs... Je n'en sais rien... Oui, il manque des mois entiers du collège, 37, 38, rien non plus de mes séjours à Paris, en 42, 43. Ce ne sont pas les fragments qui restent sur l'érotisme ou la littérature qui pouvaient me compromettre... C'est là, en marge de ces morceaux, que j'ai trouvé les annotations. Vous verrez...

J'embarquai la liasse. La trop forte absorption de whisky laissait Thomas Daigre hagard. Je pris congé. La tempête gonflait les eaux du lough. Je repassai par la salle du rez-de-chaussée, puis obliquai très vite vers le jardin. Le majordome était couché, mais aucune des portes n'était verrouillée.

J'entrai dans la violence du parc sous les feuillages ruisselants. Les arbres grinçaient. Le sol était détrempé. Dans le tumulte des branches rompues, on apercevait la nef éclairée de l'atelier. Le lac était secoué de vagues. La pluie et les embruns criblaient les murs de verre. Des châssis, des toiles voilaient la perspective. L'atelier, par son désordre, rappelait la salle d'armes. Je m'approchai le plus possible, espérant apercevoir la fille de Thomas Daigre. Un buisson de faisceaux pourpres flambait au centre d'une toile. La structure mi-métallique, mi-vitrée, craquait. J'attendais l'instant où la nef désamarrée allait glisser dans le lac avec ses buissons de signes. Soudain le donjon et l'atelier s'éteignirent.

*

À peine rentré à mon hôtel, je me précipitai sur la liasse. Les feuillets étaient difficilement manipulables : il y en avait de toute sorte, de grands aux bords rongés, d'autres, de format plus modeste, et qui avaient dû jadis appartenir à des cahiers d'écolier. Je les lus à la hâte, un peu comme on parcourt pour une toute première lecture un roman qu'on vient de recevoir. Le journal commençant de Thomas Daigre habiterait mon insomnie. J'étais fatigué, toujours traversé de cette même nervosité qui m'empoignait dès que je visitais Lonveigh. Tout en lisant, j'écoutais *Ruhevoll* de Mahler, seule musique qui parvînt, dans mes moments d'angoisse, à me rattacher à une origine, un ancrage un peu stable.

Les années défilaient, 36, 37, 38, et le journal semblait avoir été tenu avec une grande régularité. À la première exploration, je ne vis pas qu'il manquait des mois entiers ; j'aperçus simplement des traits, des surlignages récurrents au gros crayon bleu, des croix ou des astérisques en marge, des points d'interrogation également. De toute évidence, le journal avait été lu et relu, fouillé dans les moindres détails.

Je reconnus au hasard des noms, surtout dans les années 42 à 43 où Thomas Daigre avait fréquenté à Paris le romancier Brieu. Il y avait là référence à des dîners, des rencontres avec des peintres, l'éblouissement d'une vie intellectuelle.

16 janvier.

> Conversation nocturne avec B. Le *Van Gogh* piétine. B. de plus en plus fasciné par la période de Nuenen, le Van Gogh sombre, pourrissant. Avoue ne plus savoir par quel bout prendre le roman. Roman ou essai d'ailleurs ? Projet de voyage avec B. à Nuenen dans les fondrières de Van Gogh.

Voisinaient d'autres fragments, plus mystérieux :

15 février.

> Sur les pas du retour, j'aurais voulu prononcer des phrases plus capitales, qui nous enteraient enfin sur l'Essentiel. Mais vaincu par la fatigue ou la nervosité, je ne l'ai pas fait. D'où ma gêne, mon amertume et mon spleen. Sans doute aurais-je aimé te dire combien ta rencontre m'a apporté, combien ta présence auprès de moi m'est devenue capitale. Je m'en remets à distance à l'écriture, et les mots mentent, imprécis, futiles. Je

ne sais comment tu les recevras. Ta disparition dans la nuit, pour d'autres rencontres, a éveillé en moi la peur de ton prochain départ, de ton effacement. J'ai soudain eu peur de ma solitude. (...)

L'être de langage que je suis est ici comme démuni, blessé dans l'usage même des mots. Il ne me reste qu'à revenir à ton image, fasciné, comme à une sombre figure inspiratrice.

Je poursuivis mon exploration, écoutant Mahler jusqu'à l'obsession. Je retrouvais la Bretagne mythique de Thomas Daigre, avec ses chapelles perdues dans la forêt, ses chaos de roches, l'énigme de rivières souterraines aux sources improbables, et la maison, la grande maison au fond de la rade de Brest :

5 août [1943].

Rentré enfin. Las de Paris, las de B. et de ses délires. Las de la guerre et las de tout. Mis près d'une journée et demie pour rentrer ici. La mer, la forêt ! Passé des heures, cet après-midi, à braconner dans le *chaos*. Grosses truites sous les pierres. Retour par Rumengol pour le seul plaisir de revoir les retables.

12 août.

Écriture. Projet d'une suite à *La transparence*. Les renoncements et les palinodies de

B. me stimulent. Et j'ai pris conscience des limites et des automatismes de mon écriture. Je crois à la *réminiscence*. Mais c'est trop tôt. Dois-je attendre l'*âge* ? Griserie de la guerre.

Les annotations se faisaient plus rares en marge des pages bretonnes. La voix réprobatrice se taisait dès que Thomas Daigre hantait à nouveau le chaos, la forêt, la maison. Mais elle déchirait les notes parisiennes, saisie par la hargne et l'effroi. Je situais approximativement le suicide de Brieu vers le printemps 44. Dans le journal, nulle trace. Thomas Daigre n'était ni dans son *chaos* natal, ni à Paris. C'était pourtant lui qui avait le premier recueilli le grand corps fracassé de Brieu auprès des pages abandonnées du *Van Gogh*. De ce geste, il ne restait aucun signe.

IV

Un nouvel appel du majordome : Florence Daigre faisait annoncer sa venue à l'hôtel. J'eus à peine le temps de m'apprêter, elle attendait au jardin d'hiver. Je découvris une grande femme rousse, le teint pâle, les yeux très maquillés. Elle était enveloppée dans un large châle bleu roi. Je m'étonnai de cette visite.

— Pardonnez cette visite impromptue, mais j'ai cherché à vous voir l'autre nuit. Je vous savais au donjon avec mon père. C'était la tempête. Pas question de vous déranger. J'ai erré dans le parc mais je vous ai manqué...

J'invitai Florence Daigre à s'asseoir devant la baie. Les chevaux défilaient à nouveau sur la lise. Les lads les escortaient, en retrait, laissant du mou aux longes. Il devait être aux environs de midi : le soleil très mat douchait les falaises et le sable.

— Alors, comment le trouvez-vous ?

La question me surprit. Difficile de rendre compte ainsi, dans l'instant, d'un voyage qui commençait tout juste. Je sortais du donjon, de notre long entretien, j'avais passé des heures à lire les feuillets du journal, j'étais en *sympathie* profonde avec celui que j'avais lu et relu, celui dont je me mettais à déchiffrer le cheminement. Florence Daigre dut me trouver précautionneux. Elle reprit, un brin provocatrice :

— Hein qu'il est fascinant, mon vieux dingue de père, dans son château, notre vieil aigle de Lonveigh. Je vous suis infiniment reconnaissante pour ce que vous avez fait. Il y a des années que j'essaie de le faire connaître. J'ai poussé un ami allemand à venir le filmer. Refus catégorique. Vous imaginez les vues, à Lonveigh, dans le donjon ou le jardin. Ou même ici, face à cette baie. Rien à faire. Heureusement vous êtes venu ! Vous allez en tirer un livre ?

Pour l'instant je n'en savais rien. Il y avait la matière des entretiens, le journal que Thomas Daigre semblait décidé à me donner — mais nous n'avions pas encore soulevé la question d'une éventuelle publication —, il me faudrait aussi prendre contact avec mon directeur de collection et lui soumettre ces projets.

Nous étions sortis. Je proposai à Florence de déjeuner. Elle m'indiqua un pub un peu à l'écart, dont le lounge, assura-t-elle, était confortable. Elle parlait de l'Irlande, de sa passion des paysages, de la lumière surtout, des grands ciels vibratiles, des écorces de nuages que fissure l'embellie.

Je l'interrogeai sur sa peinture :

— Je ne peins bien qu'ici, m'avoua-t-elle. J'ai gardé un atelier à Florence, dans une maison du vieux centre, j'aime bien peindre dans le bureau de mon père dont la petite fenêtre donne à l'intérieur même de l'église Santo Spirito. C'est très étrange… Il vous en parlera sans doute… Ce sont les nappes d'encens et les fumées des cierges qui colorent l'atelier. De l'autre côté, on voit l'Arno. Il m'arrive aussi de peindre à Torcello, dans une maison que je loue. J'ai des cycles… À Florence, ce sont plutôt les corps et les eaux, ici, des brasiers, des gerbes, des incendies galactiques… Dans le Finistère, je peins aussi, pas très loin du village de mon père, auprès d'une abbaye qui surplombe la mer… Et il y a Lonveigh. Difficile de se détacher de Lonveigh…

Florence Daigre était très volubile. Nous nous découvrions des connaissances communes à Paris. Elle avait de nombreux projets d'exposition. Nous avions quitté le lounge, repus d'apple-pies et de thé. Je lui demandai si son père écrivait encore, à quoi il passait ses journées.

— Il tient encore son journal. Il lui arrive de m'en lire des morceaux. Des romans, non. Depuis qu'il a le projet de ces entretiens avec vous, il ne quitte guère le donjon. Je le vois aussi quelquefois au bord du lough. Je ne sais pas s'il est monté sur les collines épier ses cerfs… Tous les ans, il disparaît des journées… Vous savez, il en a toujours été ainsi. On ne le voyait pas plus aux États-Unis. Il travaillait officiellement à son bureau de l'Université. On n'en demandait pas plus…

Notre promenade fut longue. La pluie venait. Nous ne cessions de nous éloigner de l'hôtel. Insidieusement, Florence m'interrogeait sur mes goûts en peinture, je lui parlai de Memling, de sa *Châsse de sainte Ursule* à Bruges, de Carpaccio et des grands Tintoret de Venise. Puis elle me fit raconter mes études, mes fascinations littéraires, mon entrée dans l'édition et ma découverte de Thomas Daigre.

— On parle plus de Brieu, coupa-t-elle, lasse et comme excédée. L'œuvre est niaise. Il n'y a que le suicide qui la rehausse...

Je lui fis remarquer que le *Van Gogh* était un beau livre.

— Si l'on veut... Mais ce que mon père a écrit sur la peinture est plus fort. Je lui ai soumis un dernier projet récemment. J'ai trouvé l'idée dans le *Journal* de Kafka. Je vais le faire poser nu en saint Sébastien et lui demander ensuite d'écrire un texte sur cette expérience... L'idée l'a séduit... Si je pouvais avoir le texte et les portraits pour mon exposition de Venise l'an prochain...

Nous arrivions au village. Soudain Florence s'éclipsa, sans même me saluer.

*

Suivirent des nuits étranges. Je ne quittais guère l'hôtel, attendant sans doute un signe de Lonveigh. Je lisais des heures entières le journal, fasciné par les blancs, les absences. Thomas Daigre avait été un lycéen sérieux, féru de latin, de grec, et surtout de littérature.

Le journal fourmillait de références, d'allusions mythologiques. Thomas Daigre avait découvert très tôt Brieu et les surréalistes. La première lettre à Brieu remontait à 1936. Il semblait que c'était dans les milieux droitiers que le jeune Daigre fréquentait alors qu'il avait entendu parler de Brieu.

Première séduction de la littérature, première brèche aussi. C'est alors aussi qu'il avait vraiment commencé à écrire. Le premier texte, *Angus*, était une œuvre brève, composée — les dates du journal permettaient de l'affirmer — en quelques jours. Les deux autres textes de la Trilogie avaient suivi, portés par la même fougue, la même folie. *Angus* et *La transparence de l'or* suscitaient un univers de désir et de fantasme, profanations carnassières et sanglantes, c'étaient à toutes les pages des îles de femmes damnées, des architectures piranésiennes, des caves et des gouffres, des arènes et des cirques, des peaux lactescentes et des poignards de rubis, des anges et des momies violentées, l'ardeur du désir et du sac, le vertige de la lame et du sang.

Thomas Daigre avait lu ces premiers textes à ses camarades de lycée. À plusieurs reprises, je trouvai dans le journal trace de rencontres dans un fort abandonné, sur la côte :

8 mars.

Virée hier encore au fort. Lecture à voix haute d'*Angus*, la scène où le chasseur éventre Aube sur le rivage. Effroi général. *On s'y serait cru.*

19 août.

Lecture au seul Olivier du début de *La transparence de l'or*, la rêverie sur le grimoire et le palimpseste d'Aube. Et la rêverie aussi sur les villes, l'hallucination de Babel.

Les lectures duraient jusqu'à l'épuisement. Je compris aussi comment ces textes avaient transité jusqu'à la N.R.F. Thomas Daigre avait bien écrit à Brieu une lettre d'admirateur, mais les textes mêmes lui avaient été transmis par l'oncle maternel du jeune Thomas. Ce devait être un personnage étrange, qui semblait avoir exercé une influence énorme sur l'adolescent à en juger par la place qu'il occupait dans le journal, un dilettante voyageant sans cesse entre la Bretagne et Paris, où il s'employait à « coordonner diverses activités » — c'était là le mot que je repérai quatre ou cinq fois —, visiblement compromis dans les milieux autonomisants, et qui avait fui ou disparu après-guerre, je ne savais trop.

Cet oncle Frédéric semblait avoir ainsi appartenu au cercle étroit de Brieu qui n'avait lui aucune accointance bretonne. Le premier tirage d'*Angus* datait de 38. Ensuite, l'oncle s'était effacé au profit de Brieu que Thomas Daigre avait rencontré pour la première fois à Paris en octobre 38 au moment du service de presse d'*Angus* :

6 octobre.

> Paris. Signature à Paris du « roman ». Joie — et déception mêlée — à se voir imprimé. Passage furtif et dédaigneux de Brieu, qui avait visiblement l'esprit ailleurs. S'est contenté de me dire qu'il avait déjà lu la suite, mais qu'il faudrait y retravailler.

La première *initiation* parisienne de Thomas Daigre sous la conduite de l'oncle datait de cette époque, mais là encore, comme pour la mort de

Brieu, il ne restait aucune trace. Il ne restait rien non plus du séjour de Thomas Daigre à Rennes au début 38. Sinon quelques pages anodines sur les jardins du Thabor, les vieilles rues pavées, les promenades nocturnes par les passages qui relient les cours intérieures. Thomas Daigre étudiait alors la médecine, mais paraissait avoir surtout fréquenté les milieux littéraires et juridiques, où il retrouvait son ami Olivier, celui en compagnie duquel, plus tard, il avait visité les ruines de Brest.

Les connexions s'établissaient maintenant, évidentes, entre l'oncle Frédéric, les salons droitiers de la rue de la Palestine à Rennes et le cercle de Brieu. L'oncle Frédéric, qui devait avoir été avocat et avait dû renoncer à sa charge pour d'obscures raisons que je ne parvenais pas à démêler, apparaissait aussi parfois à Rennes, témoin cette seule note du 2 mai 38 qui avait échappé par on ne sait quel miracle au *filtrage* du texte :

2 mai.

Soirée lumineuse chez les De Cosq. rue de la Palestine. Effluves des marronniers en fleur. Visite inattendue de Frédéric, émacié, fatigué, de passage à Rennes. Dans quel sens allait-il ? Il ne semblait pas trop le savoir lui-même. Conversation brillante. Superbe dans son aura de débauché.

Plus loin encore, cette remarque m'alerta :

26 juin.

Visite de Frédéric à la maison. Silence réprobateur de ma mère à la vue de son jeune frère. M'a discrètement annoncé la publication d'*Angus*.

Je me proposais déjà d'interroger Thomas Daigre sur ce mystérieux Frédéric qui avait joué un rôle dans son initiation littéraire. Mais il ne venait aucun signe de Lonveigh.

Un soir, voulant marcher sur la plage la nuit tombée, je me perdis, comme victime d'un sortilège, et je pataugeai dans les dunes ravinées qui s'écroulaient sous mes pas, le souffle coupé, inquiet de la destination où j'allais aboutir.

Des feux brasillaient au large. L'image de Thomas Daigre posant en saint Sébastien devant sa fille me hantait, comme me hantaient les délires d'*Angus*, les Babel de femmes dressées sur la mer, les salons fanés du Thabor où couvaient, parmi faïences, vieilles gravures et momies perruquées, ces idées vénéneuses qui avaient enchanté le jeune Daigre, dans cette acceptation résolue de l'étrangeté définitive de l'être et de la vie, de cet écart incompressible entre l'être et l'écriture, la séduction de la peste et la transparence de l'or.

V

À force de promenades sur le rivage, à l'écart du village et en contrebas de l'hôtel, j'avais découvert une succession de grottes marines dans lesquelles je me réfugiais au jusant. C'étaient d'immenses béances aux cratères déchiquetés, des valves sombres veinées d'éclats de micas, de longues chambres labyrinthiques qui communiquaient par d'étroits passages, des goulets encombrés de vestiges et d'algues pourrissantes.

La mer était loin et l'on devinait seulement sa barre miroitante. Un vieux pêcheur m'avait expliqué qu'il était dangereux de s'aventurer dans les grottes. Je m'étais souvenu du *Tombeau du diable* que j'avais vu à Carteret quelques années avant, l'antre de Vellini dans *Une vieille maîtresse* de Barbey d'Aurevilly. La grotte, quel que fût le territoire, appartenait au même réseau de terreurs superstitieuses. J'y passais des heures : quand la cavalcade du flot s'annonçait, il était temps de se retirer. Je revenais par la plage : en face, sur l'à-pic du fortin en ruine, la mer s'écrasait, l'avalanche d'écume lacérait les prairies. J'avais bien repéré sur la carte d'autres sites à visiter, en particulier l'abbaye de Clonmacnoise sur les rives du Shannon, mais j'avais la secrète peur de manquer le rendez-vous nocturne avec Thomas Daigre. Le majordome ne s'était toujours pas manifesté. Pas de nouvelles de Florence non plus.

Je multipliai les promenades sur la côte. Je l'explorai jusque dans ses moindres replis, ses plus profondes cavités. J'aimais surtout les luisances que la mer traçait sur le sable très blanc lorsqu'elle descendait. La tête remplie du fracas des cymbales d'eau, du cri obsédant des prédateurs marins, à force d'arpenter les ravines, d'éviter les failles des congres, le visage brûlé de sel, je glissais dans une lente déréliction.

On entrait dans le temps d'équinoxe. L'automne se laissait saisir à quelques nuances, quelques signes, un crachin doux, presque moelleux qui enveloppait le marcheur, des vols drus et incessants d'oiseaux entre la terre et le large, une lumière menacée qui se diluait dans les variations de l'écume. Après quelques heures, j'atteignais au fond d'une petite anse une pêcherie où je faisais halte. Je n'y vis jamais personne, mais je m'arrêtais rituellement auprès de la maison blanche, dans l'amoncellement des casiers et des flotteurs. L'odeur de cambouis et de sel me grisait. La pêcherie était construite sous le surplomb de la falaise. J'y aurais volontiers lu quelques feuillets du journal de Thomas Daigre, mais je ne transportais jamais le manuscrit. Ma rêverie était battue par les lames qui se brisaient en bas sur les pierres, le flot et le vent rameutaient une odeur de poisson décomposé : c'étaient les poulpes et les squales que les pêcheurs avaient jetés, à l'ouverture des pièges, sur les roches.

Je revenais à l'hôtel. À marée haute, il fallait passer par le chemin côtier. J'en connaissais maintenant les courbes, les ornières, les déclivités, les échappées vers le large aussi qui vous délestaient parmi les feux roses du crépuscule. Des nappes volaient sur la mer, des pans entiers du paysage basculaient dans la nuit, mais la lumière continuait de ricocher en strates horizontales, brasier de lave marine, et les falaises, les pinacles, les flèches des citadelles rocheuses, tous leurs ergots constellés d'épines, d'oiseaux, de bogues d'écume pourpre, levaient leurs architectures de griffes et de mailles, leurs alphabets, leurs crosses, calcinés, au confluent du ciel et des eaux.

Et je me retrouvai à Lonveigh. J'avais douté, pendant les marches, de l'éventualité d'une nouvelle rencontre. Thomas Daigre était un fin stratège : en différant la rencontre, il avait aiguisé le désir. Le donjon m'avait arraché aux grottes et aux failles, aux ornières et aux gouffres. J'étais une guenille d'être macérée dans la pluie et l'écume. La claire conscience que j'avais encore quelques jours avant du cheminement de Thomas Daigre à partir de 1936 s'était brouillée. Les promenades maritimes, les fuites par les dunes avaient eu raison des illuminations d'*Angus*. Je ne savais plus rien. Et j'étais dans le donjon, et j'observais les mains fines et noueuses de Thomas Daigre, et cette façon qu'il avait de se tordre les doigts, jusqu'à faire craquer les articulations. C'était le 13 septembre au soir. Thomas Daigre me sembla plus vif, comme rasséréné. Il m'offrit le rituel whisky, puis attaqua :

— Alors, je suppose que vous m'avez lu. Vous avez voyagé dans mes vieilles fantasmagories. Je vous savais occupé. C'est pour cela que je ne vous ai pas appelé avant aujourd'hui. Je ne sais plus de quoi nous avons parlé l'autre nuit... De Brest, et de la guerre, je crois... La règle du jeu, telle que nous l'avons fixée, stipule que c'est à vous de choisir le sujet de l'entretien...

Je commençai par Brieu.

— Brieu !, soupira Thomas Daigre, en étalant les jambes, Brieu ! J'étais son secrétaire à la fin, à la toute fin, 43, 44, je ne sais plus trop... Je l'avais connu dès 38, dès la publication d'*Angus*. Il avait été ébloui par mon texte. Puis il avait pris ombrage, assez vite, me demandant de retravailler *Le Sagittaire*... Il était étrange, insaisissable... Je l'ai étudié plus tard, aux États-Unis, avec mes étudiants. Il y a de très belles choses, ses romans, *L'effroi, L'amour immobile, L'acte de naissance* est aussi très beau, très personnel... Mais ma préférence va au *Van Gogh*, râpeux, insolent, écartelé... Il était drogué, halluciné... Il avait l'impression qu'on le poursuivait. Nous rentrions chez lui rue de Verneuil. On bouclait tout... Et il me dictait les pages en regardant des reproductions de Van Gogh... Collabo jusqu'au bout des ongles, fasciné par les Allemands, convaincu que c'était là le salut de la France... Il avait détesté l'abaissement, l'affadissement des valeurs, le parlementarisme véreux et la défaite... Je crois aussi qu'une certaine homophilie le poussait vers l'Allemagne, les beaux officiers... Et le suicide, le corps brisé que j'ai trouvé le premier sur les pages du *Vincent*... Le corps troué... Le *Van Gogh* est inachevé... Ou scellé par cette mort qui le relie à son frère, effet de miroir...

» ... Brieu n'a pas de sépulture. Je ne sais pas ce qu'on a fait de son corps... On l'a emporté vers une morgue. J'ai vite compris qu'il était urgent que je fuie... Oui, Brieu n'a pas de sépulture. Il a son *Van Gogh*, et tous les deux ans je vais à Amsterdam pour communier avec lui, *La leçon d'anatomie* avec son cadavre cendreux, Mantegna revisité par Rembrandt, et surtout les toiles de Nuenen, l'église, *Les mangeurs de pommes de terre*, la boue, l'ornière avant le soleil d'Arles, les tournesols et les ailes noires sur le soleil, je marche des heures dans Amsterdam, le long des quais, les canaux, le grand corps putride de la ville, Amsterdam reliquaire de Rembrandt et de Vincent, toutes amarres rompues, Amsterdam à la dérive, c'est là que je retrouve Brieu, solaire et damné, tournesol suicidé, la boue de Nuenen et l'incendie d'Arles, et le grand corps cloué un matin d'avril, couché sur les lignes que j'avais écrites quelques heures avant...

Il me restait à aiguiller la conversation vers l'oncle Frédéric, ce qui se fit naturellement.

— J'ai connu Brieu par l'entremise de mon

oncle maternel. Il était encore plus fascinant que Brieu, plus beau aussi. Je le revois toujours sur cette photo où il posait, habillé de blanc, sur le pont de son bateau. Car il naviguait beaucoup, et pas seulement dans la rade de Brest. Il était entré très jeune à l'*Action française*. C'est là qu'il avait milité, par provocation ou par dilettantisme, on ne le saura jamais. Officiellement, il était avocat. Je l'ai entendu plaider une fois à Rennes en 38 ou 39. C'était éblouissant... Il avait une éloquence extraordinaire, une grande force de persuasion, beaucoup d'éclat. Il m'avait ouvert les portes des salons de Rennes, il m'ouvrirait ensuite celles de la N.R.F. et celles de Brieu...

» ... Ma mère le détestait. À Brest, je le rencontrais toujours à son insu. Il était hors de question qu'elle apprît qu'on se voyait. Mais Frédéric m'emmenait naviguer dans la rade, nous jouions beaucoup au tennis aussi. Ce ne sont pas ses activités politiques qui l'avaient mis au ban de la famille, mais plutôt ses goûts. Frédéric n'avait jamais fait mystère de son homosexualité. Et il était frappant de voir comment les salons rennais qui fustigeaient l'abaissement et la décadence, le *bolchevisme* et la *juiverie* faisaient en même temps honneur à celui qui s'affichait comme l'envoyé de la *déesse H*. Partout, à Brest, à Paris, à Rennes, il était adulé, somptueusement accueilli...

» ... Je ne sus jamais quelle relation il avait entretenue avec Brieu que je vis, pour ma part, toujours accompagné de femmes. Frédéric, lui, n'aimait que les garçons. Il s'entichait, faisait de ses tentatives de séduction une affaire de vie ou de mort. J'aimais son éclat, son soufre... Je n'ai supporté Brieu, les salons vieillots, la poussière et la vermine que parce que Frédéric avait été mon médiateur. Je me sentais beau auprès de lui. Il me semblait que sa beauté rejaillissait sur moi. C'est lui qui le premier a dit que Thomas Daigre était un nom d'écrivain. J'ai écrit à cause de lui, pour lui. Il était le dédicataire secret, inavoué de mes premiers textes, et c'est sans doute pour cette raison aussi que tous les passages du journal qui lui étaient consacrés ont disparu, détruits par la rage vengeresse de ma mère. Là, on ne démêlera jamais la vérité du mensonge, et la passion de la clairvoyance. C'est vrai, Frédéric était lié à la Collaboration, lié à Brieu, lié aux milieux qui avaient pactisé avec l'ennemi. Et j'étais lié à lui... La France épurait... Il fallait épurer aussi ces traces, il fallait tuer le scandale, anéantir le soufre, réduire l'intraitable à l'intérieur même de la famille... Ma mère n'avait jamais dû supporter la beauté de son frère...

» ... La dernière fois que j'ai vu mon oncle, c'était à Paris, en septembre 43, pour un dîner avec Brieu qui réunissait aussi des peintres, un directeur de galerie, quelques vieux aristocrates de Saint-Germain — le péché et l'éternelle fascination de Brieu, et des autres, de cette bourgeoisie qui ne s'acceptait pas telle... Frédéric était sombre, torturé, grand veilleur kafkaïen, il avait beaucoup parlé de mer, et peu de l'espèce de loge, de société secrète qu'il avait formée, *Dedalus*... Il était fatigué, il portait cette aura de la débauche, cette auréole de la *déesse H* qui séduisait beaucoup Brieu...

» ... À la fin du dîner, nous marchâmes lui et

moi au bord de la Seine. À Paris, il me parlait de ma famille comme il ne le faisait jamais en Bretagne, avec une distance presque cruelle, une ironie cinglante. Cela me faisait mal. Il détestait les familles, leurs arrangements souterrains, leurs pactes, leurs complicités mensongères. « Je suis la branche maudite », disait-il en riant. Il pleuvait. Paris occupé me faisait horreur. Je voulais partir. Frédéric me conseillait de rester. J'étais las de Brieu, de ses impasses, de ses ressassements morbides. Je m'étiolais auprès de lui. Je n'ai jamais revu Frédéric. J'ai appris plus tard sa fin tragique, fusillé par des Résistants dans son manoir du Conquet. S'il y avait encore en moi une place pour la douleur, elle éclaterait cette nuit. Je suis sûr qu'il aurait aimé ce donjon, ces lieux…

Une fois encore, j'abandonnai Thomas Daigre, le laissant à ses fantômes. Brieu, Frédéric, Van Gogh, sur fond de guerre, de Paris occupé, dans la *griserie de la guerre*. Il était dans sa cathèdre, roi déchu, janissaire désarmé, prince méhaigne, vieux servant d'un Graal absent, perdu dans sa songerie où défilaient les spectres, les buveurs de feu, tous ceux en compagnie desquels il avait approché le secret, l'extase.

Les signes qu'il avait tracés à la hâte dans le journal étaient inséparables de ces figures que venait de raviver notre deuxième entretien, je connaissais désormais la source même de son écriture, et ce qui m'émerveillait, c'était que les images cosmiques d'*Angus,* les cités splendides de *La transparence de l'or,* les flamboiements du *Sagittaire* étaient indissociables d'un visage aimé, de ce prélat morbide, exsangue sous l'auréole, de cet envoyé de la *déesse H,* de ces deux corps perdus, l'un et l'autre crucifiés sous la mitraille.

Cette nuit-là, avant de sortir, je marchai longuement dans le château. Je cheminai avec plaisir dans les salles que le majordome avait laissées éclairées, me désignant ainsi un possible itinéraire, je m'égarai dans la chambre aux trésors, parmi les retables et les dalmatiques, je voyageai entre les franges, les ailettes d'or, les vasques et les candélabres, dans un univers de radiance et de feu, et j'étais l'unique spectateur d'une folle liturgie dont le pontife était Thomas Daigre.

Je traversai encore le grand salon et accédai directement au jardin : je longeai le lough pour atteindre l'atelier. L'eau était calme. Ce n'étaient ni les furies, ni les déchaînements du premier soir. Une senteur de tourbe brûlée planait sur l'eau.

Un craquement dans les fourrés m'alerta, j'eus le temps de me dissimuler derrière une touffe de buis : Thomas Daigre arrivait. Il monta dans une barque qui était arrimée au petit quai qui prolongeait la terrasse et s'engagea sur le lac.

Dès qu'il fut à quelques encablures de la rive, je m'approchai de l'atelier. La grande nef était illuminée, on eût dit un sanctuaire de torches qui s'avançait sur l'eau. Florence était là, à demi nue, dressée devant une grande toile où se jouait, en fusion de molécules et clivages d'or, le commencement des mondes. La peinture giclait, la création s'organisait, en flux, dans la dépense et la vibration lyrique. Et les grands signes se cristallisaient, souverains, volutes, virgules sidérales.

L'opéra se disait en pourpre majeur. Nefs, crucifix, tabernacles convulsés et séismes balayaient la toile. Florence dansait, elle oscillait entre le creuset des couleurs, la palette zébrée de flammes et l'écran vide levé sur le lough.

J'entrai dans la danse et l'orgie. Florence était à ce point possédée qu'elle ne me vit pas. La peinture fusait toujours, au comble d'une énergétique qui était une parade gestuelle et un sacrifice. Après le donjon et la salle d'armes, je visitais le troisième sanctuaire de Lonveigh. Une gigantesque vulve creusait la toile, la peinture s'y engouffrait, assauts, spirales, et la matière, tendue de signes, chantait, translucide, solaire. Je restai immobile, arraché au temps, dans la transe voluptueuse d'un cosmos en gestation, captivé par la Salomé sanglante dont les sauts faisaient tanguer la nef, ce pinceau ardent qui fouillait la matière et la déchirait en tourbillons, orages : feu et vertige des éléments. J'étais suspendu à ce geste, à cette crispation hallucinée.

Les flots autour de nous ne cessaient de monter. On entendait rouler la barque insomnieuse de Thomas Daigre.

VI

Quel plaisir de naviguer sur le lac, la nuit, à la seule clarté des étoiles ! Moi qui ne pratique plus guère l'exercice physique, j'éprouve une véritable jouissance à ramer, à ouvrir les eaux épaisses du lough, à me laisser attirer par les tourbillons de la passe. Il vient toujours un moment où la barque est déstabilisée ; je dois, d'une pression, la faire pivoter pour éviter de descendre jusqu'à la mer.

J'avance dans le tissage du monde qui se défait, les météores claquent, la nuit d'Irlande est saturée d'odeurs de tourbe, d'aulnaies submergées, de mousses et de fougères fossilisées, de grands grimoires de glaise. Je rame, ivre, jusqu'à perdre le souffle, l'écume miroite, les cataractes bouillonnent depuis les corniches des pentes ; le lough, par sa forme, le rythme même des eaux qui l'emplissent, est pour moi un condensé de monde, un tombeau aquatique où dissoudre ma mémoire.

Mes grands cerfs veillent sur les hauteurs. Angus se terre et attend. Je rame dans la direction de l'atelier et du donjon. La nuit, après le passage de mon étrange questionneur, mes réminiscences atteignent une intensité qu'elles ont rarement : lestées de tourbe, de fumées, de nuit spongieuse et d'eau qui fouette, elles font corps avec l'élément, elles s'unissent déjà à ce qui sera leur suaire. Une lucidité singulière me porte. Je rêve ma dissolution, ma décomposition. Vieux fantasme qui me quitte toujours dès que je monte au donjon, mais que je retrouve invariablement dans l'humidité de la salle d'armes, dans mon trésor baroque. C'est un amas d'autels, de statues, de baldaquins et d'anges venus de Bretagne, que j'ai récupéré lorsque le clergé hystérisé par le dernier concile dépouillait et vidait ses églises. J'en ai sauvé une énorme cargaison. Ma fille la rendra le moment venu à ses indignes possesseurs.

Pour l'heure, au sortir du donjon, je médite au cœur de ces merveilles. Un ange diaphane et féminin me sourit. Je me tasse sous ses paumes dorées. Mais j'aime surtout m'aventurer dans le coffre des autels, comme je le faisais au Faou, pendant l'enfance. Je passais le pont et me précipitais dans l'église. Il y avait toujours là deux ou trois bigotes occupées à prier ou à fleurir les reposoirs. Je déjouais leur vigilance et je m'introduisais en rampant dans le chœur, je me faufilais derrière les stalles, les vitraux déposaient sur le parquet de longs biseaux pourpres ou bleutés. Alors je pouvais entrer dans le maître-autel : il me suffisait d'ouvrir les portes arrière du meuble, de me baisser, et je plongeais enfin dans la nuit poussiéreuse du coffre.

Je refermais les portes, j'étais introuvable. Je m'étalais tout au fond, dans l'espèce de sciure ou de sable qui garnissait le bas du coffre, peut-être étaient-ce simplement des esquilles de bois vermoulu. La nuit, la poussière, les odeurs d'encens et de suif me drapaient. Je m'astreignais à une impeccable maîtrise de ma respiration pour mieux entendre le pas des femmes, leurs conciliabules, le murmure de leurs dévotions niaises, et surtout, lorsque les femmes s'effaçaient, les craquements de l'édifice, le galop des rats, les frémissements des vieilles statues, les froissements de l'ombre sacrée, et la mer proche, la mer qui frôlait les assises de l'église.

Alors je pouvais rêver ma dissolution dans le ventre funéraire, envoûté par la poussière, l'air malsain, les pétales séchés, les remugles. Je m'abandonnais au passage de la rivière et de la mer, à leur confluence. L'ankylose, l'engourdissement progressif de mon corps y aidaient : je n'étais bientôt plus qu'une souche à peine dégrossie, mais l'ankylose qui figeait les membres et le sang ne me suffisait pas, je voulais connaître le mouvement et le reflux de la décomposition : pour cela, j'hallucinais la rumeur érodante de l'eau, cette ramure mauvaise issue de l'Aulne et de l'Elorn, grossie de quelques flots perdus d'Atlantique, et, au rythme de cette visitation et de cette érosion, au bruit lancinant de ces lames batailleuses qui sapaient les pierres jusqu'à inonder ma crypte, je sentais bientôt mon corps qui se défaisait, oui mon corps qui se démolissait : ce n'était plus la chair cuirassée sous la crampe, le sang garrotté, non, c'était mon corps, liquide, qui se détachait par fragments, filaments, comme des algues ou des rhizomes nocturnes flottant soudain dans le sein du coffre, parmi les lueurs fluviatiles des vitraux, un corps ophélien qui se vidait lentement dans la nuit marine.

Si, dans un premier moment, la rêverie m'apportait un intense bonheur, une libération même — et j'éjaculais chaque fois —, très vite, par son acuité, par la perfection de sa *réalisation*, elle suscitait en moi une dévastatrice angoisse : à la sensation de la décomposition de ma chair succédait en effet celle de la dissociation de mon être ; il y avait, d'un côté, ce qui avait été mon corps, plombé, lesté au fond du coffre, parmi les poussières, les pétales, les trompes gonflées dès l'intrusion du flux, et de l'autre, comme un ludion douloureux, encore relié à la défroque par tout un jeu de capillarités, ma conscience, brasier mutilé, cerné de tessons noirs, la conscience de ma division, de ce feu qui résistait à l'eau, à la nuit recueillie, aux fleurs — ces grands arums caoutchouteux dont la simple vue m'écœurait —, aux dalmatiques et aux paumes offertes des anges, de cet éclair noir qui tuait la volupté, et ma rêverie se brisait dans la crise et l'évidence de la souillure.

C'est dans cette église, près du *chaos* natal, près du pont qui enjambe la rivière et relie les deux côtés du village — emblème de ma division — que j'aimerais signer mon consentement à la pourriture, par-delà la rêverie et la métaphore.

Mais, pour l'heure, seul dans la salle d'armes, je m'enfonce dans mon autel, mon vieux *lit-clos* de Lonveigh.

VII

Plusieurs heures nous séparaient encore de Clonmacnoise. Il y avait longtemps que je voulais visiter les ruines de l'abbaye au bord du Shannon. J'avais transmis un billet à Florence, lui proposant cette excursion.

Il pleuvait depuis des jours. La petite station balnéaire se vidait. Les passages des chevaux sur la plage s'espaçaient. La pluie, l'automne, la vacance suscitaient une lente nostalgie. Je cédais facilement à l'ivresse. Le jour, celle des éléments, de l'averse, de la marée sur les pierres. Au crépuscule, j'entrais dans les pubs. J'aimais leur atmosphère saturée, leurs vieilles boiseries et leurs buveurs éteints, écrasés, mais dignes dans l'ivresse. Cette ivresse dans laquelle je plongeais, comme dans un nuage, ou une grotte, une caverne nocturne, hantée d'ombres souples, de bruits assourdis.

Une rupture, un deuil qui m'avaient atteint au printemps revenaient m'habiter. Et l'ivresse accusait ma douleur. Le cercle des buveurs m'apostrophait parfois. J'étais en moi, dans ma douleur. Je ne leur répondais pas. Je naviguais entre un corps de fuite et un cadavre.

Ce résidu de songe, de beuverie, cette ivrognerie du souvenir — par laquelle je rejoignais Thomas Daigre — me travaillaient encore comme nous roulions vers Clonmacnoise dans le chaos d'Irlande. La nuit précédente, les mots de Thomas Daigre m'étaient revenus avec précision : « On vient en Irlande quand on a le désir d'aller jusqu'au bout de son chaos. » Je devais être au bout de mes extases paysagères. Depuis mon dernier entretien avec Thomas Daigre, entretien que j'avais peine à resituer tant mes repères se perdaient, il me semblait que quelque chose s'était brisé en moi. Une peur, ou la prescience d'un drame, que l'exacte recension de nos conversations à laquelle je m'appliquais ne suffisait pas à endiguer.

Florence avait pris le volant, et elle parlait. De son père encore, de sa peinture aussi :

— J'ai bien peint ces derniers temps, disait-elle, oui, bien peint. Des flux, des brasiers cosmiques. Je vais bientôt pouvoir attaquer le plus difficile, mon père en saint Sébastien.

Nos conversations revenaient toujours à cette figure ultime du père transpercé sous les flèches. Nous n'arrivions pas à nous défaire de l'image du solitaire du donjon.

— Vous allez écrire une biographie ?

— Non, répliquai-je. Surtout pas. Je déteste cela. En aurais-je le projet, Thomas Daigre me fermerait son donjon.

— Thomas Daigre est tellement narcissique et

heureux qu'on parle de lui qu'il ne vous fermera plus son donjon. Ce sera à vous de fermer le donjon sur Thomas Daigre. Mais cela, c'est votre affaire.

La remarque me surprit. Nous passâmes à autre chose.

Je rêvais de Clonmacnoise depuis longtemps. Du Shannon, de l'abbaye éventrée, de la brume et de la pluie, d'une diversion en forme de ruines solitaires. Elle m'arriva enfin. Le fleuve s'étalait en boucles lentes dans les prairies. Les nefs démembrées, les murs des anciens bâtiments conventuels et surtout les tours coniques et les croix se dressaient au sommet d'un tertre d'herbe crue.

Nous nous perdîmes dans les vestiges. Des tombes pavaient les chapelles. Les fenêtres avaient des vitraux d'herbe et de fleuve. L'averse fouettait. Et le soleil la déchirait, se diffusait dans les gouttelettes : le Shannon rutilait, enchâssé dans une passée de lumière louche. Le surplomb au-dessus du fleuve, le chemin des pèlerins qui s'égrenait en lacet le long de la rive, l'enceinte brisée du monastère, tout nous enchantait. Lumière et pluie s'enchaînaient, se brouillaient. On croyait entendre le roulement des eaux.

Nous descendîmes jusqu'au cimetière, puis nous revînmes à l'abbaye. On ne se lassait pas d'apercevoir au détour d'une brèche ou d'une fracture dans la pierre les méandres du Shannon ; l'immobilité du fleuve nous envoûtait. Le seul mouvement tenait aux variations de l'éclaircie. Et la rêverie charriait des images de drakkars, d'oriflammes en feu, de tocsin et de sac, quand une peur nous prit, celle des moines copistes encerclés, épouvantés à l'apparition des nefs d'Apocalypse. Il fallait fuir, déjà des feux naissaient dans les douves, au pied des murailles, la citadelle, la basilique, le grand vaisseau célestiel s'effondrait, le bélier enfonçait les portes, c'étaient des cris, des houles de chants, signes et enluminures à jamais souillés, l'échec d'un long rêve de connaissance, de veille, la mort d'un Dieu insulaire et cosmique.

Au retour, je goûtai le corps mouillé de Florence. Ce corps nerveux, dru sous la chevelure rousse. Ce fut ma manière de m'arracher à mes fantômes, mes crevasses. Nous surprîmes la logeuse en nous engouffrant dans la chambre dès la fin d'après-midi. L'amour fut violent. Florence, convaincue que la logeuse nous épiait, s'amusait à pousser de petits cris. Je ne me lassais pas de parcourir et d'étreindre ce long corps souple, ardent et cabré, ces seins petits et durs, cette toison de braise. Je retrouvai dans les cheveux de Florence un peu des pluies de Clonmacnoise. Je renaissais sur la crête du plaisir.

Cette halte — nous reprîmes la route à la nuit tombée — m'avait rempli d'une rare excitation. J'étais l'amant de la fille de Thomas Daigre.

J'avais été l'amant de Florence Daigre. Je me redisais ces mots en fonçant sur la route cahoteuse. Du gibier fuyait dans les phares. Nous traversions une zone de sapinières. La fatigue me plongeait dans un fond indolore qui me rappelait l'endormissement de l'ivresse, une extinction progressive des sens. Par pudeur — rémanence des premières expériences ? — j'avais peu détaillé le corps de Florence. L'acuité de la possession m'en laissait une perception morcelée : les seins, le sexe, la chevelure que j'avais longuement contemplée répandue sur le drap. Je désirais le revoir dans la clarté lunaire du lough.

*

Le majordome était passé en mon absence à l'hôtel et y avait déposé une nouvelle liasse de feuillets du journal de Thomas Daigre. Une lettre accompagnait le paquet. Je m'empressai de la lire en rentrant :

Cher Ami,

Je charge Sam de déposer à votre hôtel de nouveaux feuillets de mon journal. Et, parmi eux, une espèce de nouvelle ou de récit, vous apprécierez vous-même, texte difficilement classable, jamais publié, et qui doit dater de la fin de la guerre. Vous lirez et me direz lors de notre prochain entretien ce que vous en pensez.

Vous avouerai-je que j'ai failli renoncer à poursuivre l'expérience ? Je me sens las. Je me suis ces derniers jours beaucoup promené dans les tourbières. Ce doit être un effet de l'automne, ou de ce « débordement » de souvenirs. Cela passera. Je vous ferai signe.

À bientôt.

Vôtre,

T. D.

C'était la première fois que Thomas Daigre m'écrivait ainsi. Je feuilletai rapidement le journal. Il s'agissait des années de l'immédiat après-guerre, la fuite en Italie. Mais je plongeai surtout dans l'inédit apparemment inclassable.

HORS D'EAU

La ville, ou ce qui en reste — ruines, mausolées, temples, lupanars, sanctuaires —, s'étend devant la mer asséchée. L'eau est loin, qui ne bat plus les digues, les escaliers du port. Subsistent des machineries rouillées, engrenages morts, horloges sableuses, clepsydres au creux desquelles grince le vent.

Des marches partent à l'assaut des môles, hélices, faisceaux zigzaguants, l'aurore sourd des fractures et des interstices de la pierre, ricoche sur le mica des frontons, s'épuise sur les terrasses vides où elle ne rencontre nul butoir, nul miroir. Venise où l'eau serait de sable, le marbre de granit, poreux, fendillé, brûlé par le vent sec, les architectures incertaines, éboulées, secrètement minées par le ressac, prêtes, au premier séisme, à la première déchirure du plexus tellurique, à basculer dans le gouffre que cèle la ville, gigantesque cave-labyrinthe, archipel de torture et de nuit, chambres tendues de sang caillé, menstrues blessées des femmes. Et le sable, et le vent glissent et s'infiltrent dans le labyrinthe, mus par la machinerie démente du rivage, les dents et les roues, les herses et les lances, pulsation saccageuse dont le rythme s'enfle au gré des catacombes, des poches sacrificielles.

Cette ville, ou ce souvenir de ville, vestige de Babel ou de Sodome — car, parfois, quand le vent forcit, le sable s'amasse et se tord en concrétions qui dessinent autant de torches ou de candélabres de sel —, si, au fond de ses arches ventrues, plénipotentiaires de l'Ombre, elle dissimule son vivant et secret Ombilic, ne possède pas moins d'un millier de digues qui s'avancent dans la mouvance des sables, succession de marches tabulaires, ressauts de lignite et de silicate contre lesquels vient se fracasser le grand océan fossile.

Fatigué des bars et bordels de la ville, fatigué du sexe et de l'ardeur des courtisanes, je marche sur ces digues, à la recherche d'un peu d'air, d'un revif, de je ne sais quelle salubrité. Je marche, ivre de mes milliers d'années, de mes torpeurs géologiques, lourd des encavements du songe.

À peine suis-je sorti des catacombes, la tempête se lève, et l'écume et la mer cinglent. On se croirait au bout d'un immense éperon rocheux face au large, ou à la proue d'un vaisseau. J'avance dans le tissu de l'élément, étrange conglomérat où se retrouvent le vent, le sable, le mica, le sel et l'eau, pas la pluie salvatrice que la cité lagunaire attend, non l'eau acérée dans la tempête, dans sa violence, son tranchant. Et des fleurs, j'oubliais les fleurs, longs lys aux anfractuosités soyeuses, corolles où déplier le sexe.

Et je marche dans cette violence, des formes bougent, miroitent, je ne sais si c'est l'eau ou le sable, le flot ou les rainures de la lagune morte, le tumulte m'envahit, s'émeut en moi une mer de moire veinée de lys, et je marche, lourd de mon angoisse marine, moi fils d'Aulne et d'Elorn, fruit de leurs étymologies songeuses, je vais au bout du sable, de la nuit, des lames, du silence convulsé. Chaque fois, le vertige du flot me saisit. Le ruban de digue va s'amincissant. Le *faux pas* menace. Tout au bout j'entrevois la muraille. Le vent me déporte, gravide, lourd de mon chaos.

Et je plonge, hors d'eau.

« Et je plonge, hors d'eau » : les mots m'envoûtaient. Il y avait dans ce texte la violence lumineuse d'*Angus* ou du *Sagittaire*. C'étaient les mêmes architectures de villes fabuleuses, le même décor souterrain qui se ramifiait en catacombes, les mêmes concrétions de sel ou de sable, la même ivresse du large. Je ne savais rien de ce que Thomas Daigre avait écrit ensuite. Il était possible que ce texte marquât sa rupture avec le surréalisme, avec l'onirisme entendu comme ferment de création, avec l'écriture.

Dans ma chambre de l'hôtel, seul avec mes souvenirs, je relisais intensément ces lignes. J'étais fourbu, mais pour peu j'aurais pris la voiture pour rallier Lonveigh. La lecture du poème en prose que m'avait transmis Thomas Daigre avait avivé le désir de Lonveigh. Je rêvais du donjon, de son breuvage d'or, je rêvais de la barque insomnieuse du guetteur sur le lough, de Lonveigh dans sa ceinture de landes et de tourbières qui mauvissaient au progrès de l'automne, et peut-être surtout du corps nu de Florence étendu dans l'atelier flottant. Comme si, désormais, plus encore que la vérité, son essence fût, pour moi seul, contenue dans le triangle du donjon, de l'atelier et du lough.

VIII

— À quel moment avez-vous décidé de quitter la France ?

La question me taraudait depuis longtemps. Cette nuit-là, je la posai de manière frontale. Je vis une fraction de seconde Thomas Daigre hésiter, se rétracter même. Je crus qu'il allait opter pour l'esquive.

— C'est simple, j'ai décidé de quitter quand les menaces se sont précisées. J'étais compromis par la seule fréquentation de mon oncle et de Brieu. Je devenais gênant pour ma famille. C'est ma mère qui m'a demandé de partir. La scène se passait dans notre grande maison du fond de la rade. On entrait dans l'épuration. Des relations l'avaient sans doute avertie des risques qui pesaient sur moi. Quarante et quelques années après, je les mesure mal…

» … On se parlait peu dans ma famille. Ma mère était froide et cérébrale, elle avait tout organisé, tout prévu de mon plan de fuite… Je partis avec des prêtres en Italie, pour un pèlerinage à Assise et à Rome… Je la revois encore, raide, crispée, comme en deuil, dressée à contre-jour devant la fenêtre qui ouvrait sur le jardin — le jardin, avec ses buis, ses tonnelles, sa pelouse qui descendait vers la rivière, son verger —, m'annonçant qu'il était urgent que je parte, qu'elle en avait assez du déshonneur, de mes fréquentations inadmissibles... Selon elle, j'étais repéré... D'anciens maquisards sanguinaires me recherchaient... Ils auraient tôt fait de mettre la main sur moi... Je mourrais comme Brieu ou Frédéric... Dans l'opprobre... C'était sans doute ce que je souhaitais... Elle était superbe dans sa haine. Et ce qu'elle détestait en moi, c'était l'écrivain. Elle avait horreur des livres, de mes livres surtout. Elle n'était jamais si agacée que lorsqu'elle citait mes titres...

» ... Un moine vint me chercher. Je devais passer ma dernière nuit en Bretagne caché dans une abbaye de la presqu'île... C'était étrange... Une nuit de mars. Une nuit de tempête. Le vent s'engouffrait dans la rade. Je ne fermai pas l'œil un seul instant. Nuit d'extase, nuit pascalienne... Dans ma peur, je voyais les ténèbres s'illuminer, un grand feu, comme une pupille de braise, les fendait... Le désir secret de ma mère était-il de m'ensevelir sous la bure, de me laisser dans cette cellule, de faire de moi un moine ? J'avais reçu une éducation très catholique, à treize ans, j'étais très mystique... Je me souviens de la célébration qui dans la liturgie me fascinait le plus : le Vendredi saint... Avec les hallucinations qu'engendrait le jeûne, les statues voilées de pourpre, les autels nus, et surtout, je me souviens de ce détail, le tabernacle ouvert, béant comme un tombeau. J'entendais la Passion avec une adhésion, une qualité d'écoute dont je suis rarement capable ; auprès du prêtre, j'étais porte-croix...

» ... Je me suis écarté de ces choses après. J'ai sombré dans l'agnosticisme, j'ai cru par éclipse, mais où que je sois, j'assiste toujours à l'office du Vendredi saint, j'aime plonger dans cette ténèbre, cette déréliction, je me prosterne devant la croix même si je ne sais plus trop où elle mène... Et quand j'écris, je songe souvent à ce corps nocturne et humilié du Christ, ce corps sanglant, terreux, accomplissement de l'Écriture, ce corps percé, ce corps de passage... Je pense à ma nuit monastique la veille de ma fuite, au moine avorté dans le désir de ma mère, à cette bure évitée. Je pense au prêtre mort en moi... On traîne un nombre immense de fantômes, un homme d'écriture plus encore, et parmi ces fantômes, parmi ces réalisations possibles de l'être qui ne sont pas advenues, à cause du néant, des égarements ou des clivages de l'être, à cause des obscurcissements de la grâce, je vénère par-dessus tout cette figure du prêtre, nocturne, terreux, l'œil incendié dans sa cellule de tempête. Ce moine mort-né, intense, extatique une nuit, vide depuis, réduit à l'état d'ombre insistante...

» ... Je vais vous avouer quelque chose, mon ami... Je me suis remis à écrire au printemps dernier... Un texte, un vrai texte, un texte de *fiction* avec ce que cela comporte de bigarrure, de mélange, de transposition et de tissage. J'y ai senti comme un appel d'air, un début. Je me suis dit que ce pourrait être un début de roman...

» ... J'étais à Venise. Comme dans toutes les villes que je connais, j'y ai mes rites. Comme à

Amsterdam, comme à Rome, comme à Bruges ou à Prague... À Venise, en l'occurrence, je ne peux m'empêcher de mettre les pieds à Torcello, à la Giudecca, et surtout à la petite scuola San Giorgio degli Schiavoni... Je l'aime, au bord de son canal, bâtisse blanche, avec ses fenêtres voilées de lourdes tentures. Comme toujours, Florence m'accompagnait. Je crois qu'elle aime Venise encore plus que moi. J'allais revoir le *Saint Augustin* de Carpaccio... Je le vois à chacun de mes passages à Venise... Nous sommes entrés, ma fille et moi. Le gardien a laissé retomber l'épaisse portière de drap sombre. La scuola était vide. On s'est assis face au *Saint Augustin* qui est juste à droite quand on entre... Je ne suis pas sûr que Florence vibre à la peinture de Carpaccio... À son travail, à son esthétique sans doute... Malgré la pénombre, les couleurs de la toile éclataient : sable, vert, pourpre. Augustin, saisi par la vision, seul dans son cabinet de travail... J'étais heureux... J'entrais dans une vieille fascination... Florence m'a soudain demandé de lui parler de ce tableau... Je lui ai murmuré : l'Écrivain-prêtre... Je venais, à mon insu, de commencer mon texte... Je vais vous le lire, il est là, je crois...

Thomas Daigre souleva l'abattant du pupitre. Je le vis alors prendre une liasse de feuilles qui portaient, semblait-il, l'entête d'un hôtel.

— Je n'avais rien d'autre sous la main... Un peu de whisky encore... Voici ce texte...

Thomas Daigre s'était levé et il arpentait la

pièce. Lonveigh était comme une énorme masse échouée dans le silence du lough.

— Oui, reprit-il, je ne sais ce que vaut ce texte... Je me suis dit qu'il y avait là une piste... Je lis rarement mes textes à voix haute. Comme si la profération brisait leur gel, leur secret. Mais celui-ci a quelque chose de testamentaire. Tout texte d'ailleurs. Mais celui-ci plus encore...

AUGUSTIN

Une cellule. Verte, végétale. Et de sable. Des ustensiles, des sphères armillaires, des objets aussi, chevaux, bougeoirs, statuettes, et des livres, rangés, minutieusement classés sur des étagères déclives, ouverts, répandus au sol. Une lumière rasante arrive des hautes fenêtres, étale trois longs faisceaux d'ombre sur le pavage blond.

Je suis là, figé sous le regard du peintre. Et j'écris, nouvelle lettre, nouvelle pierre à la Cité, glose, gnose, une rumeur me parvient qui s'enfle sous les murailles. Je m'arrête, interdit par la progression du bruit. Mais le jaune et le vert de ma cellule irréalisent les cris, je suis comme en apesanteur, livré au flux du texte qui s'écrit, à son rythme *inspiré*, mon vieux corps réchauffé par la lumière, le commencement de l'extase, le brassage des voix extérieures, l'emportement de la plume.

Il fait bon écrire dans cette clarté obsidionale dont on ne sait si elle est de l'aube ou du crépuscule, ce feu de la Géhenne ou du désert. Une énergie m'embrase, irrigue mon vieux corps de débauche, anime cette main. C'est l'allégresse de l'écriture.

J'ai autour de moi, dispersés, rassemblés, mes livres, mes traités, et mes emblèmes, la mitre, la crosse, la cathèdre de cuir pourpre. Moi l'Augustin des ténèbres, empêtré dans sa chair nocturne, tailladé par les influx de la grâce, l'Augustin torride, dévoré des flamboiements de l'Esprit, double, immatériel et enraciné, prêt à passer aux ombres.

Ce doit, d'ailleurs, être là la raison de ces cris que j'entends, de cette révolte qui me cerne, à moins que la rumeur ne naisse en moi, au fond de ma mémoire éteinte, au fond de sa spirale exténuée, et je suis à l'arrêt, à l'aguet, d'un autre texte qui gronde là, comme un archipel d'ombre qui se dessinerait soudain, texte aléatoire, enchâssé d'eau et de nuit, à la source de l'image et des mots. Et cette rumeur que je capte, et qui se défait — hallucination, illumination ? — m'ouvre comme une brèche dans l'épaisseur des ombres, de cette litière nocturne à laquelle j'arrache les signes.

Une torpeur me gagne. Pourrai-je encore atteindre l'autel, la table sacrificielle, là derrière moi, cette pierre sur laquelle je mêle l'Eau et le Sang, je romps le Corps ? Cette Table sur laquelle je répète les gestes du Christ, sur laquelle je m'ente sur sa présence et sur son être. L'épuisement, la lassitude subite ont ouvert une plaie qui me saigne.

J'aurais voulu mourir à l'autel, sous l'Image du Ressuscité, dans sa niche pourpre...

Je sens l'illumination qui me foudroie, l'égarement, les bifurcations des mots, les aléas et les biffures du Sens, la rumeur monte, les ombres tremblent, emportent mon chien pétrifié, *Victor Carpathius pingebat,* Carpaccio vainqueur me fait face, c'est lui mon juge, il a brisé l'unité de l'Écrivain-prêtre, deux foyers dans la cellule, deux tables comme deux continents dissociés, et dans leur faille je mûris pour l'éternité l'insignifiance du verbe.

Février 198.

Le texte déclamé, Thomas Daigre était retombé sur sa cathèdre de chêne, exténué. À la lisière du temps, à la lisière des mondes. Les paupières fermées, comme deux taies violacées qui ensevelissaient son regard.

IX

Le 2 octobre, Sam, le majordome, m'appela pour m'inviter à Lonveigh en l'absence de Thomas Daigre et de Florence. Le message était laconique : Florence était en Irlande du Nord, Thomas Daigre s'était retiré quelques jours dans son pavillon de chasse, au-delà des tourbières.

Je m'interrogeai sur le sens de cette invite. Pourquoi me faire venir ? Qui avait eu l'initiative de cet appel ? N'était-ce pas une fois de plus Thomas Daigre qui menait le jeu ? Je pouvais multiplier les questions, elles demeuraient sans réponse. Chaque fois, au contraire, le brouillard s'opacifiait.

Depuis Clonmacnoise, j'étais l'amant de Florence. Nous avions couché une fois encore à l'hôtel. J'aimais sa violence amoureuse. Elle avait d'étranges rites avant l'amour : elle s'offrait nue à la pluie, sur le balcon. Je la baisais dans sa vêture d'automne et de nuit pluvieuse. Elle partait à l'aube, prétextant le désir de peindre. Je restais au lit jusqu'à dix heures, repassant en souvenir nos ébats, le tumulte de l'étreinte. On ne parlait plus de Thomas Daigre. On ne parlait plus de peinture. Notre complicité était seulement charnelle.

Au tout début, dès mon arrivée, Thomas Daigre m'avait dit que je pouvais explorer le château et ses dépendances comme je l'entendais. Depuis, mes visites s'étaient limitées à nos seuls entretiens nocturnes. J'arrivai à Lonveigh dans cet état d'esprit. Le majordome m'attendait sur le perron. Il fut très clair :

— Pour votre travail, M. Daigre m'a dit qu'il fallait que vous profitiez de son absence pour visiter la maison. Il est monté au pavillon de chasse après une crise très violente...

— Une crise ? rétorquai-je, surpris. Je ne le savais pas malade.

Le majordome parut embarrassé.

— Une crise... Enfin, comment dire ? Oui, une crise. C'était après votre dernier entretien. Le troisième, je crois... Il est resté plusieurs jours enfermé dans la tour. Il refusait toute nourriture. Il a fallu l'intervention de Florence. J'ai entendu M. Daigre hurler. Puis Florence m'a annoncé qu'elle allait remplacer son père à un rendez-vous important dans le Nord. — Ainsi le majordome désignait-il l'autre Irlande. — M. Daigre est descendu avec un léger bagage. Il a pris la jeep. Il est officiellement au pavillon de chasse.

— Officiellement ? Où est-il, le savez-vous ?

— Au pavillon. Il doit surveiller les cerfs. Et écrire. Une chose que je dois encore vous dire, avant de vous laisser visiter la maison, dans sa crise, M. Daigre a brûlé beaucoup de papiers. J'ai récupéré les cendres dans le donjon, après son départ. Je les ai gardées, pensant que cela pourrait vous intéresser...

Le majordome disparut un instant, du côté de la cuisine. Je le suivis. C'était une large pièce carrelée qui donnait sur le jardin et sur le lac. Longue pièce traditionnelle, avec ses rangées de casseroles de cuivre, ses éviers de schiste bleu, ses tables de bois écorché, ses alignements de pots d'épices. Sam sortit d'une armoire un mortier dans lequel il avait rassemblé les cendres. Tout n'avait pas brûlé : il restait des cahiers simplement jaunis ou roussis, tordus par la chaleur et la flamme, mais à part cela intacts.

— Je vous les donne, dit solennellement le majordome.

— De quel droit ? coupai-je.

— Je vous les donne, répéta-t-il. Ne posez pas plus de questions. C'est ainsi. Je m'efface maintenant. Vous avez toute liberté pour vous promener dans le château...

— Et si Thomas Daigre arrive ?

— Aucun risque. Vous avez dix jours devant vous.

C'est alors que pour la première fois, je le vis devenir ironique :

— C'est sans doute plus qu'il ne vous faut pour préparer votre quatrième entretien avec M. Daigre...

À cet instant, je me mis à hurler :

— Foutez le camp ! Je ne veux plus vous voir,

dégagez ! Je suis assez grand pour savoir ce que j'ai à faire... Je n'ai pas besoin de vos conseils !

Le majordome, impassible, ne m'opposa aucune résistance. Il enfila un imperméable et sortit dans le parc.

La solitude retrouvée me causa un malaise. Je restai plusieurs minutes dans la cuisine, immobile, écrasé par ce que j'avais entendu, ce que j'avais pressenti aussi.

À vrai dire, je ne comprenais pas grand-chose. J'étais là, assis sur un banc, les cahiers à demi brûlés à la main. L'absence et la crise de Thomas Daigre m'obsédaient. Je ne voyais surtout pas ce qui dans notre dernier entretien avait pu mener Thomas Daigre jusqu'à la crise. C'était le bel entretien consacré à sa fuite de France, à sa nuit d'extase dans une abbaye de Bretagne avant son départ, le monologue qu'il avait conclu en me lisant le texte qu'au printemps il avait consacré au *Saint Augustin* de Carpaccio. Je l'avais laissé hagard, prostré, comme il l'était à l'issue de toutes nos conversations.

Je n'avais pas vu l'orage venir, la crise paroxystique qui l'avait conduit au sacrifice des textes. Je m'en voulais d'avoir été aussi obtus, je m'en voulais d'avoir adhéré à la magie de la littérature reconquise de Thomas Daigre sans avoir pu discerner le malaise et la blessure de l'homme. Je me maudis d'avoir été aveugle. Je maudis l'Irlande, la fatigue, le dépaysement, je maudis Florence, son corps, nos nuits d'ivresse. J'étais excédé.

L'Écrivain-prêtre avait attendu mon départ pour célébrer seul dans la nuit du donjon son sacrifice d'encre et de flammes.

Lonveigh s'offrait à moi, toutes les pièces étaient là, à portée de regard. J'aurais bien fracassé, de rage, les grandes armures noires du vestibule sur le dallage. Je sortis. Les eaux du lough avaient de longs reflets d'or : elles miraient toute la rousseur des landes et des bois.

X

Je voyageai. J'étais las de Lonveigh et de son énigme. Je roulai jusqu'à l'épuisement. Landes, loughs, forêts, tourbières. Je remontai vers le Nord. Ces quelques jours de *tourisme* me permettaient de fuir l'angoisse que j'avais pressentie face au majordome. Je traînai dans les golfes et les rias du Donegal. Je passai de longs moments à contempler cygnes et hérons au fond des vasières. Il me fallait me perdre par les champs, à la recherche de tombes mégalithiques ou de sanctuaires du soleil.

Pierres, bétyles, voici les signes que je quêtais. J'aimais leur inscription, leur affleurement dans la terre grasse, les prairies boueuses, cette échine de marques immémoriales, cet alphabet mortuaire qui émergeait telle une croûte, une lèpre de lichen. Après la contemplation de l'eau dolente des golfes, cette rigueur rugueuse m'enchantait.

Je m'arrêtai près de Sligo sur la tombe de Yeats. Je fis l'escalade d'un fort, immense construction de galets. De là, on apercevait un réseau d'échancrures marines, le paysage s'ouvrait aux dimensions d'un monde commençant, pas de lumière brumeuse, soleil fondu à la mer, basalte noir des estuaires. On ne savait quel géant était enfoui dans ce tertre de pierre, corps dormant aux membres de glaise et d'étoiles. J'étais transi, mais une vive euphorie me gagnait.

Le double aspect de l'Irlande me fascinait : rudesse des murs, des pierres, des forts, des grands plateaux qui cisaillaient l'incurvation des herbes ; souplesse constante de la terre amollie, des ornières tourbeuses, des brumes du Graal, des lueurs mouillées qui montaient en fumant des landes.

Leur rudesse, leur souplesse, leur variété, leur mobilité aussi me ravissaient. Souvent, les pluies, les nappes de brume enveloppaient les perspectives, et soudain le miracle advenait, sous la forme d'une explosion lumineuse, de l'embellie qui, enflammant les gneiss, découpait saillies et méplats des montagnes. On entrait dans l'ardeur tranchée de l'éclaircie, l'œil brûlé par l'éclat subit, la mémoire encombrée de la nuit des tourbières, du flou des routes montagneuses. On était toujours sur une ligne, à l'irruption d'un seuil. Et la lumière, déployée en arc-en-ciel, signait cette grâce et ce passage.

Il y avait là un grand corps ténébreux, troué de loughs, raviné, souche rêveuse criblée de tombes, vestige entre les vestiges, couvert d'excroissances, de signes, atteint d'un prurit minéral qui révélait l'ossature secrète de l'Irlande, sa vocation funéraire.

J'étais l'arpenteur des tombeaux et des sarcophages. Je quêtais une écharde d'os. Une relique d'un géant stellaire, enfouie dans les boues, sous les landes. Un fragment de squelette, fût-il émietté, brisé, brassé par les circulations d'eaux souterraines. Une fois, je faillis m'embourber dans une tourbière : la terre liquide suçait mes pas. Je dus renoncer à atteindre l'intimité des tombes. Mais mon désir ne faiblissait pas. J'étais pourtant gavé de paysage, de ruines, de perspectives désolées, de forts solitaires. À nouveau je pressentais l'angoisse.

Elle me harcelait surtout au crépuscule. Elle avait le visage des eaux montantes de Lonveigh. Elle avait les traits de Thomas Daigre. L'Écrivain-prêtre s'invitait à l'approche de la nuit. C'était le moment d'entrer dans la cellule du donjon, l'instant où j'allais prendre place entre la cathèdre et le pupitre. Je mesurais maintenant à quel point mon entrée nocturne était commandée par le paysage, ses ergots de pierre et de mort, l'affleurement des eaux.

L'heure-lisière me rapprochait de Thomas Daigre, et cela où que je fusse. J'entendais son pas, je devinais son profil d'aigle, son faciès de commandeur des ombres. Le paysage me ramenait à Thomas Daigre. L'écharde, la relique d'ossement minéral et tourbeux que j'avais quêtées tout le jour, c'était au sommet du donjon, dans l'intimité de l'écrivain, qu'elles m'apparaîtraient. La vérité de ce territoire, sa source illuminante, je la trouverais dans le cheminement avoué du Breton transfuge, du traître à sa foi et à sa langue. Faux Italien, faux Américain, faux Irlandais.

Sous les bétyles et les pierres levées, sous les vertèbres du commencement, parmi les griffes du chaos, je voyais percer un texte, lourd, morcelé, hésitant, texte de blessure et de mémoire, amas de signes que menaçaient l'eau et la cendre.

Un soir, j'étais tout au Nord, dans une station balnéaire fantôme ; vaincu par l'angoisse, je me décidai à appeler un ami avec lequel j'avais rompu quelques mois avant. Il avait été témoin de mon engouement pour Thomas Daigre. Je lui racontai l'affaire en quelques mots. Il semblait inattentif. Je crus comprendre qu'il se proposait de me rejoindre. J'étais prisonnier de mon délire...

Dès que j'eus quitté la cabine téléphonique, je me précipitai dans le premier pub, descendis plusieurs Bushmills. Puis j'allai marcher sur la plage. L'instant était venu. Depuis le début de mon périple, je transportais dans mes bagages les cahiers calcinés que m'avait confiés le majordome. J'allais enfin pouvoir les lire. J'errai longuement cette nuit-là par les rues désertes avant de regagner l'hôtel. Une peur secrète me paralysait. Il y avait bientôt dix jours que j'avais quitté le Connemara et je n'avais toujours pas pris connaissance de ces documents. Oui, l'instant était venu.

Je sortis les cahiers de ma valise. Le feu avait attaqué les couvertures. Les pages aussi avaient souffert : certaines étaient pratiquement illisibles.

Au format et à la présentation des cahiers, à la qualité du papier aussi, j'identifiai aussitôt deux époques distinctes. Un des cahiers devait dater de la fin de la guerre, l'autre, plastifié, était tout récent. Je commençai par le plus récent. Il contenait des notes éparses, des sortes d'aphorismes, des plans, des ébauches, des projets avec des pictogrammes, et des noms de code.

Je m'arrêtai sur un texte qui s'intitulait : ÉCRIRE. Je le lus d'une traite.

> J'ai déserté ma langue. Toute écriture est trahison. Et exclusion. On s'exclut d'avoir été exclu. Bogue ou cellule, voici l'habitation de celui qui écrit. Habiter une bogue, ou une cellule, ou plus bassement une syntaxe, à défaut d'avoir habité une langue. Une syntaxe pierreuse. Qui admette le mortier, ne souffre pas la faille. *Celui qui écrit* s'emmure vivant (?) dans sa phrase.
>
> Écriture et expérience mystique. S'interroger de ce côté-là. Hanter les mots du radeau originaire. S'emmurer, s'enfouir. Être un corps dormant. Un corps de l'Alpha.
>
> Plus je vieillis, plus l'Ange du Chaos me parle. Répandre le chaos. La terreur et la cendre. Deux bestioles que j'aide volontiers à copuler.
>
> J'ai épuisé les mots. J'ai épuisé mon nom. Mon nom est un mot. Drame et vérité de *celui qui écrit*.

Bogue, ou cellule, anneaux d'une syntaxe, ou donjon. Les eaux montent. Rêvé la nuit dernière qu'elles déferlaient dans la salle d'armes. Écriture du donjon.

Angus. Tuer le premier nom.

Lambeaux de rêve. Autrefois ils habitaient les mots qui, eux-mêmes, eux seuls, rêvaient. Incompatibilité actuelle que je constate, sans désolation. D'où l'écriture du donjon, aride, éclatée.

Désir des tourbières. Cadavre fossilisé. Mort probable de *celui qui écrit*.

Délaissement ontologique. Cette flaque au creux de l'être.

L'autre cahier contenait des textes datés Florence, 1946, 1947. J'en isolai un, au hasard. Il n'avait pas de titre.

Florence. Chatoiement de l'Arno, ses berges poussiéreuses. Retour à l'écriture. Une cohérence nouvelle, un élan de l'être. Limaille soudain condensée sous l'aimant. Retour à l'écriture et à la lumière. Lazare de la guerre et de la nuit, j'éclos, j'accède au jour. Le soleil printanier de Toscane, intense, blond. Je m'enterre dans ma chambre qui par bonheur ouvre à l'intérieur de l'église Santo Spirito, mais je n'aspire qu'au soleil, qu'aux marbres de la cathédrale entaillés par la lumière ; la ville est cloisonnée de couvents, de cellules, ruche de reposoirs et de tabernacles. Couvent San Marco où je médite devant les anges de Fra Angelico. Je ne ressens rien de la poussière et de l'écrasement de Florence, Renaissance tuée, foudroyée dans son essor.

Je me grise de marche et de lumière, en Toscane, par la campagne verte, acide, au pied des grands glaives des cyprès. Je renais au rythme de mes pas, je marche à l'infini, je ne me lasse pas du bruit de mes pas sur le caillou des sentiers. J'échoue, ivre, à Sienne, chez la Sainte lévitante. Le printemps italien m'est un baume. Je suis rassasié de fleurs, de la transparence des verts et des ors. Je fuis la cellule et l'écriture, je préfère me ressouder dans la lumière, le printemps immobile. Déjà je crains le soleil trop cru, l'alentissement de l'été. Horreur de l'évidence solaire.

Le sentiment de ma renaissance tient à la précarité de cette lumière tremblée, à son éclat de genèse. Soudain je suis sans mémoire, sans passé, comme si je m'étais subitement vidé de mes tâtonnements, de mes errements guerriers. Rescapé, innocenté dans la lumière. Cette lumière perdue sur le front de l'Atlantique, dans les ornières et les douves d'une ville anéantie. Cette lumière obscurcie par un visage ténébreux de femme. Je me croyais condamné à l'aigreur. Les mots sont inutiles, opaques, qui figent la lumière, trop lourds pour réfracter son éclat vibratile. Les mots ont leurs racines du côté de la Bretagne, de la guerre. Les mots qui m'enfoncent dans la cellule, dans le labeur de la phrase.

Je crois aujourd'hui à une grâce qui se délie de toute syntaxe, surgit, s'incarne. Une grâce qui préexiste aux mots. Ma trahison, ma fuite n'ont de vérité que dans le langage. Là est leur cause, et leur source. Et dans la lumière de Florence, ville et fleur, vasque et corolle, cellule d'or de Fra Angelico, je me défais de mon lignage verbal, je cesse de subir la fascination des noms de mon territoire pour découvrir des sonorités qui se dérobent, concassées de soleil, de végétation florentine.

Une vieille légende de ma Bretagne rapporte l'histoire d'un cadavre de pauvre qui enfanta une fleur. J'étais le cadavre, et je nais de Florence, recollé, transmué, je nais du vert de Masaccio et de l'or de l'Angelico, je renais du creuset de la ville, de l'ocre cuit des palais.

J'accède au feu de l'Ange.

Dans ma retraite tout au Nord de l'Irlande, je passai le reste de la nuit à recopier plusieurs de ces textes. Ils étaient si abîmés que je craignais qu'ils ne s'altérassent encore. L'ampleur, le délié de la fiction de Thomas Daigre ne cessaient de se briser, de se fragmenter. Fiction en archipel. C'est ce que Thomas Daigre appelait l'écriture du donjon. Le marcheur lumineux de Florence s'était mué en *celui qui écrit*. De la cellule de Santo Spirito au donjon de Lonveigh, il y avait le devenir d'une écriture, et surtout, l'altération, l'extinction anonyme d'une vie.

Dans les textes de Florence, je remarquai qu'un nom revenait souvent, Luigi, que ce fût à l'occasion d'évocations de marches dans la campagne toscane ou de déambulations dans la ville. Le feu avait hélas entamé la fin du cahier qui paraissait essentiellement consacrée au mystérieux Luigi. Il me restait à attendre que Thomas Daigre, s'il sortait vainqueur de sa dernière crise, voulût bien m'en parler.

XI

Je renaissais moi aussi auprès de Florence. Je la retrouvai dès mon retour. Elle avait un goût de maléfice. J'eus beau l'interroger sur son voyage, elle demeurait muette. Une subite amnésie l'atteignait dès qu'elle arrivait à l'hôtel. Elle ne voulait parler de rien. Nous nous jetâmes l'un sur l'autre. Florence exigea que nous fissions l'amour la fenêtre ouverte, dans la clameur de la mer et du vent. Les vagues étaient ourlées de lourds festons d'écume. Une odeur d'algues et de grands fonds envahissait la chambre.

Florence se dénuda à son habitude puis se précipita au balcon, je l'observais, cheveux éparpillés, la peau bleutée dans la lumière d'océan et de lune. Elle se retourna vers moi, les seins tendus, les mains pudiquement ramenées sur le sexe. Et elle s'avança, dans le tumulte des vagues, de la grande muraille translucide qui se dressait derrière elle, elle s'avançait lentement, figure de proue d'un monde dont elle captait et canalisait la violence. Les rideaux battaient, la pièce basculait au large. Je lissai ses longs cheveux, je les humai, ne me lassant pas d'y reconnaître le fumet de l'embrun et le feu des tourbières, l'odeur de térébinthe et celle des huiles, le gibier mouillé des montagnes. Il y avait dans sa chevelure la senteur âcre d'un pelage, les remugles des frondaisons d'automne. Et j'aimais que le compagnonnage de la mer et des landes vînt me rejoindre au seuil de la jouissance.

... Nous nous étions écrasés dans le désordre des couvertures et des vêtements, dans la trouée bleuâtre que dessinait la lune. Le flot grondait. Fracas de barques, de galéasses, remuement de roches, de forêts de laminaires. Le ciel était incrusté d'astres noirs. Dans mon délire j'entendais des cadavres qui s'échouaient sur la grève. Une stridulation d'effraie éclata sous notre fenêtre. Et nous roulions dans la vague et la lumière brisée, parmi les tessons de navire et d'étoiles, les nefs surchargées de fleurs marines, Florence était cabrée sous moi, je tressaillais à la moindre de ses convulsions, l'écume nous recouvrait, je m'éteindrais dans sa blancheur, les ombres pollinisées déferlaient, nous nous cherchions dans leur moire...

Florence m'avait happé et elle m'étreignait avec violence. Je m'étais redressé, je sentais mon corps qui se prolongeait dans le corps de la femme, par-delà la tempête et la nuit. J'étais femme, profondeur nocturne au bout de mon sexe. Monde bousculé, chaos de lames. Je saisis les seins de Florence : le froid humide les avait durcis. J'étais tétanisé par le plaisir, les visions. Les phosphènes me brûlaient les paupières. Hagard, je me livrai au vent, nous chavirâmes, je tâtonnai dans la mollesse nauséeuse de l'ivresse. Je devinais Florence étendue, liquide, animale, vertige de cheveux, de poils rouges, dans l'ombre elle avait l'élasticité du faune, elle me fuyait, j'atteignis au hasard ses pieds, ses pieds fragiles de garçon, que je baisai longuement, puis je me glissai le long des jambes, dans le sillon des cuisses, Florence était terre souple, ravagée par le vent, le séisme de l'écume. Je remontai, avec lenteur. Le monde s'arrêtait. Comme aux marges d'un secret. La toison, les lèvres noires. Mon cœur se calmait. Il n'y avait plus de violence, plus de tempête, seulement l'unité blessée du désir.

XII

Notre quatrième entretien eut lieu la nuit du 15 au 16 octobre. Conformément au rituel établi, Sam m'avait appelé, m'informant du retour de Thomas Daigre. Avant de rejoindre Lonveigh, je m'étais livré à une rapide récapitulation et je m'étais aperçu d'une légère entorse au pacte que Thomas Daigre et moi avions signé : la dernière fois, je l'avais interrogé le premier, alors que la règle fixée laissait normalement l'initiative à l'écrivain.

J'étais bien décidé ce soir-là à laisser Thomas Daigre commencer. Le vestibule était vide quand j'arrivai. Je passai par la cuisine pour remercier le majordome d'avoir bien voulu me donner les cahiers, en y mettant l'ironie qui avait été la sienne lors de notre dernière rencontre. Sam s'en tenait strictement à son rôle en présence de Thomas Daigre. Je le sentis fuyant, peu enclin à engager une conversation. Je gagnai le donjon par la salle d'armes. Les candélabres et les lustres étaient illuminés tout au long de mon parcours. Voulais-je voir Thomas Daigre différent, atteint par la crise ? Toujours est-il qu'il m'apparut distant et fragile, l'air malade. Il ponctuait ses mots d'une petite toux sèche.

— Sam vous a donné ce que je lui avais confié ? me demanda-t-il à peine étais-je installé. Enfin, je l'espère... On peut de moins en moins compter sur lui...

Je ne savais que répondre. Fallait-il faire allusion aux cahiers, aux textes brûlés ? La gêne me paralysait. J'acquiesçai en un murmure.

— Ainsi vous avez lu ces textes..., reprit Thomas Daigre, toujours aussi énigmatique. C'est bien. Cela me facilitera la tâche. J'ai des choses difficiles à vous dire cette nuit. Et vous, qu'avez-vous fait ces derniers jours ?

Je lui racontai mon voyage jusque dans le Donegal, la tombe de Yeats, les golfes paisibles du Nord.

— Moi, j'ai écrit et voyagé, dit-il en me servant le rituel whisky. J'ai fait un rapide voyage dans le Nord où j'avais quelques affaires à suivre. Puis j'ai médité dans le pavillon de chasse. C'est un lieu que je vous montrerai volontiers. On pourrait y avoir un de nos entretiens... Si vous le voulez...

La conversation traînait. J'observai tout d'abord que Thomas Daigre ne me demandait pas si j'avais visité le château conformément à son vœu tel qu'il m'avait été transmis par le majordome. Il apparaissait ensuite que Sam devait surtout me remettre des textes. Je comprenais de moins en moins. Le sol se dérobait sous mes pas.

— On s'est quitté en Italie la dernière fois, et c'est d'Italie que nous allons encore parler ce soir. Après-guerre, dès que j'ai quitté mes prêtres à Assise, je suis entré sur recommandation de l'un d'entre eux comme précepteur dans une famille de Florence... Je devais surveiller l'éducation des enfants, trois fils et deux filles, et leur enseigner la littérature française... J'avais peu de qualification pour le faire, moi qui avant-guerre avais surtout étudié le latin, le grec et la médecine... Mais enfin, j'en savais assez pour leur parler de Montaigne, de Racine, de Mme de Sévigné, de Baudelaire ou de Proust. Ils habitaient une grande maison qui dominait la cuvette de Florence. Je logeais pour ma part dans une chambre du presbytère Santo Spirito, une chambre dont l'unique fenêtre donnait à l'intérieur de l'église accolée...

» ... La vie a ses méandres et ses surprises, je suis aujourd'hui propriétaire de ce presbytère... J'écrivais encore, des nuits entières, et j'allais donner mes leçons chez les Nervari... La mère, une jeune femme d'une quarantaine d'années, très gracieuse, très intelligente aussi, m'avait pris sous sa coupe... Le mari était absent, ses affaires l'appelaient souvent à Rome... Sa présence à la maison changeait tout... Ses discours sur la nécessité de reconstruire l'Italie m'assommaient, d'autant qu'il me donnait l'impression d'avoir tout d'un fasciste reconverti... On respirait en son absence. Le fils aîné faisait des études juridiques à Rome, je vivais surtout avec la mère, ses deux fils Carlo et Luigi, et les jumelles Elsa et Clara... Je suivais les études de français de tous. J'arrivais généralement en milieu d'après-midi et je repartais avant le dîner...

» ... On se rassemblait dans un grand salon baroque, et, à partir du printemps, ce qui était plus agréable, dans le jardin. Il n'avait rien de celui du Faou, mon paradis d'enfance. Il était pelé, dompté, envahi de statues de marbre, de vasques, de bassins d'eau croupie, d'espaliers et de grilles... L'une des filles, Elsa, était très fine, littéraire, je lui laissais mon édition de Proust, elle était capable de le lire dans le texte. La vie devenait routinière... Je me pansais dans la lumière florentine, comme je l'ai écrit alors. Dans ma chambre du presbytère Santo Spirito, j'écrivais des textes épars, je continuais à tenir mon journal, à cette époque aussi j'entamai un petit essai, décousu et inachevé, sur Proust, quelque chose qui devait s'intituler comme *Proust et la religion de l'art...*

» ... Oui, la vie allait devenir routinière quand, un soir que je faisais répéter ses leçons au dernier des fils, Luigi, je fus subitement frappé par sa ressemblance avec mon oncle Frédéric, même teint mat, même chevelure très brune, même dessin lisse et fuyant des tempes... Je crus d'abord à une sorte d'hallucination ou d'extase. Luigi m'apparaissait comme une réincarnation de Frédéric... À nouveau sa beauté irradiait près de moi... Je quittai la maison des Nervari troublé ce soir-là. C'était en octobre. Je me vois encore marchant le long de l'Arno qu'il me fallait traverser pour rentrer chez moi. J'essayai de chasser la pensée du jeune Luigi. Son visage m'obsédait. Je n'arrivais pas à m'en défaire... Je retournai le lendemain faire mes répétitions, haletant. Luigi n'était pas rentré. Il tardait. Je manifestai des signes d'impatience devant la mère. Elle s'était mise, elle aussi, à Proust, à Brieu... Elle était éblouie depuis que je lui avais appris que j'avais été le secrétaire de

Brieu... Je lui parlais du *Van Gogh*, de Paris en guerre...

» ... Luigi arrivait, je l'accompagnais dans sa chambre, le faisais travailler... Il avait dix-sept ans, et très vite, il s'était rendu compte de l'effet qu'il produisait sur moi. Il s'arrêtait au milieu d'une leçon, plantait droit son regard dans le mien. J'esquivais, troublé. Et plus mon trouble croissait, plus il s'en apercevait et plus il s'en réjouissait... Il n'était pas très littéraire, à la vérité, il n'était pas très intellectuel, il était simplement, il était essentiellement très beau... L'ange de la déesse H... Je n'étais jamais si jaloux que lorsque je le voyais se lover contre sa mère dans les bras de laquelle il se ruait... Je haïssais leur complicité... Je me rapprochai dangereusement de la mère. Cela dura des mois... Je ne nommais pas amour ce qui l'était pourtant, je vénérais l'adolescent dans sa grâce, sa fragilité...

» ... Sa beauté, son éclat... L'homophilie de Frédéric m'avait atteint... Je quittais la maison, les tempes bourdonnantes, le cœur soulevé... En février, je me souviens, les eaux de l'Arno montèrent. En passant le pont, elles me donnaient le vertige... Je fixais leurs tourbillons. Boues, branchages, pierrailles, j'aurais presque sauté... C'était Frédéric que je voulais rejoindre... Je ne me remettais pas de sa disparition... Pas plus que je ne me remettais de la mort de Brieu qui, dans l'instant, ne m'avait pourtant rien fait... J'étais le fils de ces deux morts. J'avais cru renaître dans la lumière de Florence, cette ville vouée aux marbres, à la plastique des corps, aux anges et aux éphèbes...

» … Un jour, j'aperçus Luigi dans une ruelle en compagnie d'une fille. Ma jalousie fut dévastatrice. Une souffrance, un chaos. Je ne m'en sortais pas. Devant moi, le garçon prenait des poses, il s'alanguissait sur le canapé de sa chambre, puis affectait la distance, le mépris… Je cachais tant bien que mal mon désordre. Et il fallait parler de Proust avec la mère, des heures… Quel cauchemar !

» N'y tenant plus, je laissai un jour un billet à Luigi, très ouvertement, sur son bureau… La leçon continuait… Je le vis glisser le billet dans sa poche… Je lui avais donné rendez-vous pour le lendemain chez moi… Je ne dormis pas de la nuit. J'étais partagé entre le désir et la peur… Je savais qu'il viendrait, même s'il m'arrivait d'en douter toutes les heures. Et il vint. Et l'impossible se réalisa. Je restai plusieurs heures cramponné à son corps nu. Il s'était donné à moi sans réticence…

» … Il revint plusieurs fois… Je continuais de dispenser mes leçons à la famille, à l'autre frère et aux filles. Un après-midi, je l'attendais. Trois coups discrets à ma porte, selon le rite. J'allai ouvrir : horreur, c'était la mère… Seule, froide, comme en deuil… « Je sais tout, m'avoua-t-elle, d'emblée… Luigi m'a tout dit… Je n'ai pas encore parlé à mon mari… Je peux ne pas le faire… » Un an durant, je vécus l'enfer… J'étais à la fois l'amant de la mère et du fils. Luigi n'en savait rien. La mère, de son côté, croyait la relation arrêtée… Et l'avocat d'affaires cocu croyait encore à la virilité foudroyée de son fils…

» … Je vécus cela pour mon désir sans doute,

mais surtout pour rejoindre Frédéric, pour revivre le calvaire et l'extase crucifiante de l'homosexuel qu'il avait été, je l'avais su friand de jeunes garçons, Luigi était Frédéric — et l'altération de la passion et l'enfer du mensonge qu'il me fallait subir n'atténuaient en rien la ressemblance — et j'étais moi-même Frédéric, je répétais les figures fondamentales du drame familial...

» J'écrivais sur Proust, brûlé par l'énergie de la déesse H... La damnation et le salut du temps... La vertu réparatrice et unifiante de la littérature... Je me déchirais entre Luigi et sa mère...

» L'autre nuit, j'ai retraversé cet enfer. Je revoyais le visage de Luigi, ce visage d'ange, et je retrouvais Frédéric, et j'endurais son martyre sous la mitraille... Un écrivain doit avoir vécu ces extases crucifiantes. Et à partir d'elles, il tisse sa toile, il mêle et emmaille, il coud sa généalogie, il suture les plaies, puise à l'étymologie de ses extases, façonne son lignage à partir de réminiscences et de noms... C'est pourquoi, quand j'ai rencontré celle qui allait être ma femme, Susan, je l'ai emmenée à Florence et c'est là que nous avons conçu notre fille... Et c'est ainsi que je l'ai baptisée...

Thomas Daigre s'était levé, me signifiant ainsi sans doute la fin de l'entretien. Il se rassit :

— C'est pourquoi, si vous écrivez ma vie, ce qui ne peut être fait que dans la continuité de la mémoire, vous devrez dire que, d'une certaine manière — et il insista —, Florence descend de l'ange Luigi...

Les noms de la tribu

XIII

Me voici scripteur du roman de Thomas Daigre. Je le mesure maintenant, maintenant seulement, deux ans après. Les choses se sont en partie effacées et je m'efforce à un douloureux travail de mémoire, pour mieux les retrouver, pour en capter aussi le dessin secret qui ne m'apparut pas alors. La matière chaotique d'Irlande et celle des entretiens est là, difficile à dominer. J'ai, auprès de moi, des masses de notes et de documents que j'engrangeai alors. À mon tour, je suis venu écrire en Bretagne. Je suis revenu lavé des lumières du Faou, de l'estuaire de l'Aulne. J'écris dans une station balnéaire où, dit-on, séjourna Proust à la fin du siècle dernier. Je traîne. Je ne quitterai pourtant ces lieux que lorsque j'aurai achevé le roman de Thomas Daigre. Je m'invente des subterfuges pour éviter la table d'écriture. Il y a, incontestablement, de l'Irlande dans le paysage qui m'entoure, mais atténuée, affadie, une esquisse de parenté mystérieuse.

Le soir, je vais marcher sur le rivage : c'est le même bruit de tentacules, de valves nocturnes, de grands congres diamantés qui dorment dans la faille des sables. La vague s'étale à l'horizon, à l'arrêt. Des feux, des balises brasillent. À nouveau le Nord me happe, la nuit sombre, naufrage d'étoiles et de lames, subsistent quelques repères, annonces d'îles. Alors je chavire au plus secret du nom de Thomas Daigre.

Une date que je retrouve en feuilletant mes carnets : le 19 octobre. Je fus convié à Lonveigh à un dîner que donnait Thomas Daigre pour l'arrivée de Susan. Dîner intime qui nous réunissait avec Florence. La journée avait été belle et j'avais paressé dans la véranda de l'hôtel. Le soir venu, sous la pluie, j'avais gagné Lonveigh plus que jamais sous la menace des eaux. J'attendais depuis longtemps cette rencontre. Susan Daigre était en retard. Sam avait dû aller la chercher à l'aéroport. Nous patientions, Thomas Daigre, Florence et moi, dans un des salons du rez-de-chaussée. La conversation languissait. Florence disparaissait de temps à autre et je restais face à l'écrivain, obstinément silencieux.

Le dîner fut étrange. Susan ne parlait que d'elle. De son voyage, des retards à l'aéroport, des bagages qu'elle croyait avoir perdus. Nous avions pris place dans la grande salle à manger, sous les portraits craquelés des vieux dignitaires de Lonveigh. Susan et Florence animaient la conversation. Elles se ressemblaient de façon saisissante, même couleur de cheveux, même teint, même gestuelle vive et désordonnée, même dessin du maquillage. Thomas Daigre, perdu dans sa rêverie, grommelait de temps à autre une réponse. Il était très pâle, comme transparent dans l'îlot des bougeoirs et des chevelures rousses. Les femmes parlaient entre elles. Il y avait les affinités et les connaissances communes dans le monde du marché de l'art, des projets d'exposition. Florence semblait ravie de retrouver sa mère. C'étaient des rires, des caresses affectueuses, une complicité bruyante qui excluait Thomas Daigre, tout autant qu'elle m'excluait.

J'eus l'impression de rester sur la rive de ce dîner. Au café, Susan me fit quelques politesses. Nous causâmes de la région, des forêts et des landes. À aucun moment il ne fut question du travail de Thomas Daigre. Ni des raisons de ma venue. Thomas Daigre s'était assis, à l'écart de notre cercle, face au feu. Soudain Susan l'interpella, en anglais :

— J'ai revu ce jeune peintre qui aimerait que tu lui fasses une préface pour son catalogue. Accepterais-tu ? C'est urgent, je crois...

— Je n'ai pas le temps actuellement, répondit-il d'une voix calme, pas le temps. Il demandera à quelqu'un d'autre... À moins que tu ne veuilles le faire toi-même...

— Non, je demanderai à... Peu importe, je trouverai bien.

Elle paraissait lasse et excédée. Puis, se tournant vers moi :

— C'est toujours comme cela avec Thomas. Surtout lorsqu'il est ici... Il ne fait rien, mais il n'a pas le temps...

Je vis alors Thomas Daigre se lever, traverser la pièce d'un pas rapide : il s'arrêta sur le seuil :

— Ce n'est pas cela, tu n'as rien compris. Je ne crois pas à l'art de ce type. Point final. — Il hurlait. — J'ai mieux à faire à Lonveigh que d'écrire pour ces minimalistes et ces exsangues. Si tu ne veux pas l'admettre, tu peux rentrer aux États-Unis...

La porte claqua. On entendit démarrer la jeep. Je demeurai quelques instants en compagnie de Florence et de sa mère. Susan se demandait qui elle pourrait voir les jours prochains. Tant de vanité et d'insouciance m'accablait. Je décidai de prendre congé. Susan insista pour que je reste quelques instants encore. Je le fis par unique souci des convenances.

Je passai plusieurs jours dans les forêts. À nouveau il ne venait aucun signe de Lonveigh. Les huit entretiens m'apparaissaient hypothétiques. Je marchais des heures et des heures dans les grandes forêts qui surplombaient les loughs. J'avais besoin d'un festin d'élémentaire et de racines. Les troncs détrempés, le maillage des mousses, les branchages fracassés et les fougères pourrissantes m'enveloppaient. La lande et les tourbières m'écorchaient : au contraire, le tellurisme rêveur des bois m'apaisait. Je naissais à l'écoute des signes, des choses infinitésimales : le rebond des lumières sur l'écorce blême, le pétillement des sèves, quelque galop fou au fond des tourbières, en amont de la nuit, le passage des loutres dans la rivière.

La forêt du bord des lacs était opaque, épaisse, concentré d'arbres durs et nocturnes, serrés entre la tourbière et l'eau. J'attendais que la perspective s'éclaircît, révélant le miroitement du lough dans l'espacement des troncs, le bouclier tendu par-delà les fougères et les houx. J'attendais le gonflement des flots dans les arches et les portes des lisières. Le grand air corrosif du large couvrait l'émanation des remugles, des vieilles pourritures forestières, des toisons et des cadavres des bêtes. J'eusse aimé m'enfoncer dans l'odeur des décompositions, la déliquescence des fougères. La vue des mousses gluantes sous l'ondée me grisait. Mais le vent du large, le souffle des citadelles océanes m'arrachaient à ma rêverie. J'étais enlevé, porté sur le front. La forêt irlandaise interdisait tout endormissement dans sa mémoire. Elle était porte, arche géante tendue entre les tourbières et le lac.

C'était là aussi, quelque part au fond de ces bois, que se retirait Thomas Daigre. Je l'imaginais tout au fond de cette nuit épaisse, terré, laminé par la crise. L'obscur des forêts ne suffisait sans doute pas à tuer son incandescence. Et pourtant les bruissements du sous-bois, les lueurs d'oronge, la boue des ornières et le lichen doré des clairières sacrificielles dissolvaient le vertige. Eux seuls parvenaient à calmer Thomas Daigre. Une rumeur de bois, d'aubier neuf, de forêt naissante, promise à l'engloutissement.

Alors le travail du monde me hantait, comme il devait hanter Thomas Daigre.

*

Las de ce silence, je me décidai à appeler Lonveigh. Ce fut le majordome qui me répondit.

Malgré son habituelle correction — pour ne pas dire son onction —, il paraissait décidé à se jouer de moi. M. Daigre n'était toujours pas rentré, mais il m'était bien entendu possible de m'entretenir avec Mme Daigre qui regrettait beaucoup la crise qui avait marqué le dîner. Mme Daigre me recevrait dès que j'en manifesterais le désir. Dès demain, si je le souhaitais. J'eus très vite assez de ce jeu. Je raccrochai au nez du majordome.

Je n'osais pas m'éloigner du périmètre de Lonveigh. Une dernière visite me tentait : la Chaussée des Géants en Irlande du Nord, mais il fallait compter plusieurs jours de route et je craignais que pendant ce temps Thomas Daigre ne m'appelât. Il me restait une fois de plus à me promener sur le rivage, en explorant mes grottes marines.

Un soir, au retour d'une de ces marches, je trouvai à la réception de l'hôtel un nouveau paquet en provenance de Lonveigh. Le nom et l'adresse, je le reconnus immédiatement, avaient été calligraphiés par Thomas Daigre qui, dans un courrier joint, me priait de bien vouloir lire la totalité de cet envoi avant nos deux prochains entretiens qu'il souhaitait à suivre.

CARNETS D'IRLANDE

17 janvier 198.

Neige sur Lonveigh. Poussière de neige partout, à l'horizon, sur les montagnes et sur le lough gelé. Tranché par le givre et le froid, et les oiseaux affolés qui dérivent. Ardeur carnassière. Le vieux château et mon vieux corps. Pas d'Italie du désir cette année. Venise peut-être, mais plus tard. Pour Carpaccio, et quelques dragons à réveiller. Suis las de ma solitude, las de mon vieux corps. Le donjon est comme un bastion enserré de glace. Grands blocs bleutés qui oscillent à la surface du lac. Bleutés, lisses, comme les mots qui s'absentent.

22 janvier 198.

Pins, mélèzes givrés, durcis, coutelas lucides. Longue marche dans la forêt, dans les sentes, à repérer les traces, les empreintes des bêtes. Forteresse de Lonveigh dressée au bord du lough, brasier rouge dans le rideau des lisières. Je suis le seigneur de cette forteresse, au milieu de mes livres, de mes mots fragmentés. Je me réessaie à l'écriture, en français, seule langue apte à draguer les réminiscences essentielles. Vacuité de l'anglais, mots blancs. Ma langue, dont je ne connais que les lisières, la seule qui puisse *dire* les terres gelées de l'enfance, l'assombrissement du ciel sur la rade, l'écharde dorée du soleil, le passage des brumes. Seigneur nostalgique et blessé, taraudé par la nostalgie, cette pointe fine, musicale qui creuse, creuse, mais ne comble pas, éveillant le désir du vide, ce vertige blanc, et le vide se vide. Soif des nostalgies érosives.

31 janvier 198.

Rêve. Paysage d'enfance, jardin paradisiaque, riche de plantes, d'arbres, et surtout d'eaux, fontaines, étangs, méandres de la rivière. Des silhouettes, femmes en noir, cortège de deuil peut-être, fillettes anglaises à cerceaux, désordre des toupies, échiquiers posés sur le sable, bruissements d'une conversation laborieuse, médisante. Grâce d'un dimanche de juin. Des fruits, groseilles translucides, charnues, cassis juteux. Velours des pulpes. Manger, manger, engloutir, à défaut de parler.

2 février 198.

Réalité du rêve. Lonveigh croule sous la neige. Le soir, les hardes se dessinent à l'horizon, forêt de ramures sur le disque sanguin du soleil. Et elles l'enterrent, dans la neige, l'humus gelé, les strates des fougères fossiles. Le lough est comme clouté de blocs, redents gris, accrocs et biseaux de glace. Du sang, partout, éclat des briques de Lonveigh, sacrifice du soleil. Affleurent dans le désastre des blocs, dans le fouillis des fougères et des plantes immémoriales, les vertèbres, les ossements purs du dragon massacré à l'origine par les seigneurs de Lonveigh. Débauchés somptueux, sodomites royaux, blason noir des chevaleries infernales.

Ivresse. Bu et rebu au donjon. Envie d'une messe dans le trésor, que je célébrerai moi-même. Passé la dalmatique d'or, l'étole, les gants. Je suis seul dans ma chapelle d'armes, seul ainsi déguisé, calice à la main, ivre de cette messe dans le vent et le givre qui cinglent. Les fenêtres sont ouvertes. Vitraux cisaillés d'astres, d'eau pierreuse. La froidure gagne. Je me fonds dans son vertige pétrifiant. Le lough hurle. Les flots — je les devine par la brèche des vitres — sont constellés d'osselets, de rotules, de hampes et de pierrailles. Je me glisse dans les jardins. Le labyrinthe. Long intestin de buis, circuit carcéral. La porte du labyrinthe s'offre entre la chapelle et le lough crêté de sang. J'entre. Je titube, ploie sous la dalmatique, les ors. Le sol est pailleté de givre. Stalagmites, fibules, orfèvrerie noire. Et des visages, colonies de visages, grimaçants, édentés. Un ossuaire cosmique.

12 février 198.

Grande lumière sur le lac. Violente, corrosive, concentrée dans le cercle de la passe. Souvenir d'ange, de pacte absolu. Je suis né un 12 février. Naissance immortelle. Dans des lieux comme ceux-ci, à des dates comme celles-là, je me dégage de l'accessoire et du factuel, je me raccorde à la rudesse et à la vérité de ma généalogie, je suis vrai enfin.

3 mars 198.

Il m'arrive — de plus en plus — de me redire les titres de mes livres, et leurs dates. Ensuite, plus j'avance, il n'y a plus que des fragments, plus que les dates du journal, et je m'égare parmi ces pierres descellées, ces livres qui n'en sont pas, ces dates sauvées, miraculées.

7 mars 198.

Reçu une lettre, un signe. Un éditeur qui voudrait republier la trilogie. Embrasement. Je me desséchais. Je n'attendais plus cela. Il demande à venir me voir, ici. Doit appartenir à cette race que fascinent les maudits.

10 mars 198.

Conséquence de la lettre ? Brusque sursaut en moi de la fiction. Composé un texte — mélange d'hallucination et de réminiscence : « Neige. Je sors sur le seuil, la blancheur me saisit. Cette poudre, ces monceaux. Il me semble, là-bas, que la mer est gelée. Je descends les marches du pont, m'aventure dans la rivière. Les algues sont gainées de givre, cela leur donne une rigueur, une perfection de forme qu'elles n'ont jamais, grasses, éparpillées. J'entreprends cette remontée dans le froid, encombré de mon vêtement trop ample. La terre crisse, s'éboule parfois, des faisceaux d'anguilles bourgeonnent alors dans les crevasses, aussi raides que les algues durcies ; il y a aussi des terriers monumentaux, ouverts à même la berge, succession de galeries infernales creusées dans l'entrelacs des racines, souches géantes et crevassées.

» J'ai vite perdu toute notion de l'endroit où je peux être, noms des villages et des fermes, jalons sur la rive, la neige me rince, je me tends dans son feu pâle, je veux marcher, aller au-delà. Des loutres fendent parfois l'écorce des eaux. Je remonte encore et toujours, sous la pellicule de givre, sous le vent qui arrive de la mer, hérissé de glaçons, de verrous d'armures. Je sais que je me dirige vers le chaos. Aux sources de la forêt et de la rivière. Cathédrale de granit, pierres roulées, entassées les unes sur les autres, et que la neige rassemble en une gigantesque concrétion de mousse et d'écorce blanche. La rivière sourd quelque part dans le désordre des pierres, sous les strates. Le givre impose son silence, sa netteté. Nul bruit sous les roches, et je descends, appelé par le silence, les sources pétrifiées. Chaos liquide qui m'accueille, m'ouvre ses ramifications et ses branches, ses chambres dentelées de glace, je glisse sur l'eau neigeuse, dans ce grand blanc aux racines du monde ; je plonge, comme en apesanteur dans ce gouffre de pierres marines, corps durci, insensible. Et j'invente ma langue — de mort et de rumination. »

12 mars 198.

Projet d'une pièce à *exécuter*. L'espace : ce château, avec son décor, son lac, ses jardins labyrinthiques, les tourbières, la forêt. Quelques acteurs : un vieil écrivain remâchant à l'infini la cendre de ses mots, une peintresse fougueuse et un énigmatique visiteur qu'on attend. J'imagine assez le majordome en metteur en scène.

*

Pourquoi suis-je si attaché à Lonveigh ? Et à ce Connemara magique. Pour sa lumière sans doute, plus emportante, plus radicale encore que celle du Finistère. Pour ses pierres, ses landes aussi, ses aires sacrificielles. Sacrifice du dragon à l'origine dans le lough de Lonveigh. Squelette rompu, fracassé, immobilisé dans la fange. Et pour l'Apocalypse à venir, le feu rasant, les signes et l'incendie galactique.

Je me suis dégagé de tout pour mieux vivre la fin. J'ai coupé toutes mes attaches avec la Bretagne, l'Italie, l'Amérique, là même où j'ai vécu. Une vieille complicité et des intérêts d'argent me lient encore à ma femme. Je parle et j'écris pour m'assurer l'illusion d'une œuvre. Dernières attaches : ma fille et ma langue. Ici, tout est nu, coupant. Terre d'arête et d'ergot. Je ne me laisserai pas replonger dans mon passé biographique. Cela, il faut que mon visiteur le sache.

XIV

— Je vous ai lu, comme vous me l'avez demandé. J'ai lu ces extraits du journal de l'année, je suppose...

— Vous avez raison... Je vous ai fait porter des textes des six derniers mois...

— Pour me montrer que vous écrivez encore ?

— Peut-être. Écrire ? Je n'ai pas cette prétention. Noircir des bouts de pages, assembler des mots... C'est plutôt de cela qu'il s'agit...

Thomas Daigre m'accueillait dans le donjon, et c'était déjà notre cinquième entretien. J'avais l'initiative du sujet. La lecture des textes avait, par ailleurs, confirmé nombre de mes intuitions et de mes inquiétudes.

— On dirait, avançai-je, et je ne crois pas me tromper, les textes que vous m'avez transmis sont explicites sur ce point, que vous m'attendiez et que vous m'en voulez de vous avoir replongé dans votre passé...

— Oui, je vous en veux. Et je m'en veux de m'être laissé prendre au jeu. C'est vous qui m'avez fait replonger dans mon journal, c'est vous encore qui m'avez fait parler de la guerre, de Brieu, de mon oncle et de la fuite... Je m'en veux parce que je sais maintenant que je devrai aller jusqu'au bout. Je ne vois pas, très honnêtement, comment il serait possible de s'arrêter en route. Vous avez, mon ami, très subtilement je vous l'accorde, ouvert des portes que je croyais bouclées. Et en même temps vous avez dû mettre le doigt sur une de mes contradictions, à savoir ma fascination pour la réminiscence, qui est l'essence de l'art, et mon dégoût du passé biographique... Je ne voulais pas vous raconter ma vie... Vous m'y avez forcé...

— Pas du tout..., répliquai-je. Nos conversations étaient libres. Vous m'avez parlé de ce dont vous vouliez parler. Pardonnez-moi, mais je ne vous suis pas sur ce point. — Je sentais au même moment la faiblesse envahir Thomas Daigre et j'étais, à mon tour, résolu à aller jusqu'au bout. — Quand je suis venu ici la première fois, je venais vous parler de l'écriture, de vos œuvres. Je venais chercher des textes, et je les ai. Ils seront publiés, ou pas. Cela dépend de vous. Je ne vous forcerai pas la main, ce n'est pas dans mes intentions.

— Je vous donne le feu vert. D'autres choses vous attendent encore. Vous aurez tout. Avec vous, je vais de crise en crise. Vous m'avez fait parler, et quand vous partez au matin, quand vous m'abandonnez dans le donjon, je suis comme brûlé, détruit par le feu de la réminiscence... Je ne vous en veux pas... Non, mais plus je vous parle, plus je ressens ensuite de la difficulté à écrire...

— Il y a, m'a-t-il semblé, dans les textes que vous m'avez donnés, une réflexion sur l'écriture...

— Pas vraiment. Je ne crois guère aux théories en ce domaine. Même quand j'enseignais à Los Angeles ou à Boston, je ne théorisais pas... J'essayais avec les étudiants de restituer le cheminement de l'écrivain au travail... C'est autre chose. C'est plus difficile, plus exigeant. Les vrais professeurs de littérature ont une perception intuitive de la création. Les autres, on les connaît, ratiocineurs, chirurgiens froids, linguistes arides. Je les hais. Certains ont commenté mes textes dans leurs colloques. C'était horrible, prétentieux, on se renvoyait des concepts à la figure... Du vent... Du verbiage... Rodomontade de paons...

» ... Je me souviens d'un colloque à Genève sur quelques-uns de mes poèmes des années 50. J'avais fui la Bretagne, l'Italie, j'avais nié tout ce qu'il pouvait y avoir de baroque en moi, et j'écrivais des textes très secs, très détachés du monde, collant à l'objet, rejetant le plus possible l'affect, le vertige de l'émotion, poèmes de scribe froid... Je ne relirai pas ces textes, écrits en anglais, totalement faux, des jongleries... J'ai bien passé ainsi dix, douze ans hors de moi-même... Cela marchait... On était, Susan et moi, de toutes les modes... J'ai vécu dans l'instant... Plus les textes étaient froids, concassés, plus ils enchantaient. Univers des cocktails, des colloques, aventures avec des étudiantes... Tout y est passé... Galeries d'*action painting*... J'avais réussi à tuer en moi toute nostalgie...

— Nostalgie de la Bretagne ? De Florence ?

— Toute nostalgie. Tout ancrage. J'ai vécu dans le désert, le froid. Le glacé design, le glacé des appartements vitrés, cette négation horripilante de l'Histoire. L'acier, le verre, le souci excessif du plaisir et de la modernité. Ma femme baigne encore dans ces milieux-là. La facticité. J'aurais pu y périr. Les concepts engendraient les concepts. Littérature de laboratoire…

J'aimais la sincérité de Thomas Daigre. Je le poussai plus encore dans ses retranchements :

— Mais d'où vous est venue la révélation de cette facticité ?

— Deux événements, presque simultanés, ont miraculeusement mis fin à cette période. Il y a d'abord eu la publication, vers 63, du *Van Gogh* de Brieu. Et on m'a, de façon très étonnante, demandé de faire une préface. J'étais à New York. J'ai reçu les épreuves du *Van Gogh*. Ce fut terrible. Le texte était d'une beauté insoutenable, aux antipodes des valeurs auxquelles je sacrifiais, c'était un chant intense à la création, à la folie de peindre, cette vérité incernable parce qu'elle est à la fois à posséder et à extraire… J'étais lié à la rédaction de ce texte, je vous l'ai raconté. Et je replongeais dans le sillage de la plume de Brieu, les emportements, les extases, les vertiges que nous avions connus ensemble dans Paris occupé. J'étais saisi par la métamorphose de Brieu qui ne m'était pas apparue alors : le minable collaborateur, le traître occupé de basses besognes et de petites manigances était, la nuit, quand il écrivait *Van Gogh*, un maudit illuminé, un halluciné de grande race… Je me rappelle, après la lecture du *Van Gogh*, avoir erré dans Manhattan, ébloui, détruit par l'évidence, écrasé, rattrapé par mon passé… J'étais subjugué… J'eus honte de mes trahisons, honte de ma fuite le matin du suicide. Par ailleurs, il m'apparaissait que la rédaction de la préface que j'avais à faire appelait une conversion radicale de mon écriture... Les mots froids, les mots vides manqueraient l'incandescence du *Van Gogh*...

» ... L'autre événement, à quelques jours près, ce fut la mort de ma mère... Je ne l'avais pas revue depuis ma fuite. Je n'étais jamais rentré en France, ni en Bretagne, depuis cette époque. Je compris que la mort de ma mère levait ma proscription. Là aussi on avait eu l'étrange idée de me prévenir. J'écrivais la préface du *Van Gogh*... Je n'hésitai pas un seul instant. Je téléphonai à mon frère pour qu'il fît retarder la date des obsèques : je rentrais d'urgence. Je crois avoir voyagé jusqu'à Paris dans un état de totale insouciance. Je ne voulais pas imaginer ce qui m'attendait. À Montparnasse, je sautai dans un train de nuit. Je revois mon arrivée à Brest, à l'aube — c'était en hiver —, la ville grise, bétonnée, jaillie de ses douves de cendre — pour moi, elle avait toujours l'odeur de ses corps calcinés. Une voiture m'attendait à la gare. Un voisin m'emmena jusqu'au village... J'ai le souvenir d'eaux très hautes : la mer frôlait le pont, dans le jardin la rivière en crue recouvrait les pelouses. La morte avait été placée dans la bibliothèque dont on avait voilé la fenêtre et les miroirs... Je la regardai à peine. Il me sembla qu'elle avait à peine vieilli. J'étais étranger à tout cela, aux autres, à la famille, à cette agonie qu'on racontait... Ce visage verdi...

» ... Je demandai des funérailles en latin... On nous fit des difficultés. Je voulais réentendre ces chants, ce requiem dans l'église au bord de l'eau, et quelques cantiques bretons aussi... L'église avait peu changé depuis mon enfance. Nous portâmes le cercueil au cimetière. Je restai, fasciné, devant le caveau ouvert, les cercueils luisants dans la fosse ennoyée. J'étais Daigre, promis à cette tombe, j'étais de cette tribu et de cette mémoire et je n'en doutais pas...

» ... Je restai quelques jours au village. J'avais loué une chambre à l'hôtel. J'allai me perdre dans le chaos, j'allai aussi dans la forêt du Cranou, je passai par Rumengol pour m'emplir de la radiance des retables... Je montai à Quimerc'h pour mieux embrasser les perspectives de l'échancrure marine... Le ciel s'obscurcissait. Les rafales ramenaient des oiseaux, l'iode vif. J'étais transpercé. Je gagnai Landévennec, j'allai me perdre dans les ruines de l'ancienne abbaye... La tempête forcissait. Le tumulte était en moi, assaut d'images, de souvenirs... La tombe de ma mère était fermée. Je heurtais le socle de mon nom. Je n'étais plus proscrit... Je l'avais accompagnée dans la douceur des chants, les sonnailles... La grève descendait vers la mer. Je la devinais avec ses accrocs et ses luisances. Le tumulte des vagues dressées m'assaillait jusqu'à me rompre... Allais-je céder à l'ivresse du large ? Un instant, je le crus... Qui étais-je ? Je n'avais plus de mère, je n'avais plus de langue. Un grand vide, un long brasier d'hallucinations voraces...

XV

Thomas Daigre m'avait demandé, après cet entretien, de rester auprès de lui. Je m'étais assoupi sur un vieux canapé dans la salle du donjon. Mon sommeil fut traversé de cauchemars, de figures scandaleuses, menaçantes. J'avais moi-même quitté la France pour fuir. J'étais aussi un traître à la façon de Thomas Daigre. Le whisky, les mots que j'avais entendus m'enfonçaient dans un état de certitude amère. J'aurais voulu une tempête, un bouillonnement de pluies sur le lough. Mais le monde se taisait : nul bruit d'eau, de gestation élémentaire. J'étais abattu, prostré. J'attendais l'instant où l'automne allait heurter la fracture de l'hiver. Les rousseurs, les spongiosités, les humeurs âcres et les tourbes mauves me lassaient. J'aspirais à une évidence plus rude, un brasier de neige dans les douves de Lonveigh.

Thomas Daigre vint me réveiller : la jeep était prête. Je ne m'inquiétai même pas de la destination. Nous prîmes la direction de la forêt.

La lumière arrivait de la mer, incertaine, diluée, comme brouillée de nuages et de vapeurs : elle s'écrasait dans les rigoles des tourbières. Un froid piquant nous engourdissait. La route multipliait les lacets et les pentes torrentueuses en suivant au plus près les lisières drues de la forêt. Thomas Daigre, silencieux, roula longtemps le long des bois. Il me montrait, de temps à autre, les miradors qu'il avait fait construire et du haut desquels il guettait ses cerfs.

Espaces nus des tourbières et jeunes plantations alternaient : il y avait sur la terre grasse et humide des moignons de bois blanc, de gigantesques souches torturées qui figuraient des corps noueux, accouplés, brisés parfois, des monceaux d'arbres minéralisés. La pluie balayait à présent la route, elle avait surgi des profondeurs de la tourbière qui dissimulait peut-être la lointaine indentation d'un lough, car tout dans ce territoire était rapiéçage de lande et d'eau, longs îlots boisés cousus dans la faille des montagnes, cosmogonie rugueuse sans cesse offerte aux fluctuations lumineuses.

Thomas Daigre nommait chaque fois les loughs que nous longions. Je les trouvai plus sombres encore que celui de Lonveigh, plus terribles, silences noirs des landes. Poches de sacrifice, fractures naufrageuses, océans marécageux, damnés, serrés dans le verrou des pentes. Souvent on apercevait des pans entiers de plantations de résineux que les pluies avaient ravinés et qui menaçaient de s'effondrer dans les lacs. La terre, comme j'en avais déjà fait l'expérience, était insidieuse, travaillée de courants, d'épanchements de boue, d'ossuaires tourbeux et de ravines.

Des troupeaux de moutons tatoués erraient

sur les routes. Nous ne rencontrions personne. Les quelques habitations qui bordaient le chemin semblaient inhabitées, vouées à l'abandon. J'avais rarement éprouvé un tel sentiment de vide et de déréliction. Le vieil aigle de Lonveigh conduisait avec toujours la même allégresse. Son mutisme ne m'inquiétait guère. Je savais que sa parole se libérerait la nuit venue.

Le layon que nous empruntions était semé de cailloux et d'ornières. La voiture vibrait. Des troncs couchés barraient le passage. Au crépuscule, la lumière, comme imprégnée du mauve des terres, avait bleui, soulignant la géométrie rigide des plantations, le quadrillage des voies forestières. Des chevreuils titubaient dans le faisceau des phares. Les voûtes d'arbres n'étaient pas très élancées, la forêt paraissait courtaude, ramassée, engluée dans son réseau de capillarités et de racines.

Nous nous arrêtâmes en deçà d'un lough, dans une clairière essartée que ceinturait un rideau de hêtres : les biches et les cerfs étaient attroupés sur la rive, corps graciles, taches musculeuses. Le jour sombrait. On devinait à peine l'ampleur du troupeau ; les ramures, embrouillées, composaient un amas de lignes et d'ombres, une compacité d'emblèmes. Nous obliquâmes. Il fallait remonter dans l'intime de la forêt pour atteindre le pavillon de chasse. Des trouées — qui avaient été pratiquées pour aérer la forêt — ou des éboulements ouvraient des perspectives plongeantes et l'on entrevoyait les cercles anuités des loughs, quelques plis lumineux qui oscillaient encore. Des roches, des amoncellements de pierres, à moins qu'il ne s'agît peut-être d'édifices tumulaires, s'élevaient dans l'anfractuosité des bois. La pluie tombait à verse. La froidure commençait à me paralyser.

Nous arrivâmes enfin dans une large clairière, sombre et profonde comme un lough asséché. Je n'aperçus pas tout de suite le pavillon qui se dressait à l'écart : c'était une maison de rondins, de belles proportions, rehaussée d'une toiture qui se perdait dans les feuillages. Thomas Daigre ouvrit la porte, éclaira la première pièce. Deux choses me frappèrent : les colonies de massacres sur les murs et le carreau blême. Hures, andouillers, lourdes pales d'élans conservées dans les tourbières habillaient les parois. Au centre de la pièce, il y avait une longue table avec quelques cartes éparpillées.

Je m'arrêtai un instant, hagard, comme pris de vertige. Il me semblait que ma traversée des lisières, mon cheminement le long des lacs, dans le désordre des sapinières dévastées, étaient inscrits sur les cartes, je voyais les taches noires, l'œil fixe des loughs, les zones vertes, puis l'indication des espaces tourbeux, la naissance des forêts. Ces cartes semblaient avoir été tracées par Thomas Daigre. Des signes, un système d'étoilements et d'astérisques surchargeaient les repères.

Thomas Daigre alluma quelques flambeaux, un petit feu de tourbe, et m'invita à venir le rejoindre auprès du foyer. Près de lui, dans une armoire grillagée, je devinais les armes. La fatigue et l'angoisse m'accablaient. Je luttai, resongeant à cette lente traversée des bois, ces stations au bord des lacs : Lonveigh n'était qu'une pièce de ce vertigineux ensemble, un donjon dressé parmi l'émiettement des cirques ennoyés. J'imaginais des circulations de lough à lough, des communications secrètes, immémoriales, à l'intérieur d'un même corps aquatique diffracté.

L'angoisse me tenaillait. Le feu lançait des ombres qui s'accrochaient aux ramures, aux massacres ; la matière osseuse qui nous entourait, les squelettes des vitrines, crânes difformes, d'une époque tâtonnante, indécise et si proche, les aigles et les effraies empaillés — et dont luisaient les pupilles de perle — ajoutaient à mon malaise. Thomas Daigre se taisait toujours, et je luttais contre ce mascaret d'images, ces longs défilés de résineux austères, couloirs, failles, tectoniques bousculées, je luttais pour effacer les marques du voyage par la forêt pluvieuse, vide, hantée d'ombres, de frôlements, de craquements et de percées minérales. Il me semblait que la pluie ruisselait sur les vitres, j'entendais le long bruissement des lichens, le gonflement de leur macération nocturne. La maison forestière sentait la boue, le suint et la tourbe brûlée. Les encoignures étaient moisies, des semis de points verdâtres souillaient l'enduit. J'avais l'impression de me débattre dans une matière humide qui m'absorbait, j'étais au fond d'une fosse spongieuse que gardaient les grands massacres tutélaires, embastillé sous le croisement de leurs hampes. La vieille pluie d'Irlande ravivait une odeur de cadavre millénaire.

Il ne manquait qu'un alcool fort que Thomas Daigre sortit d'un des placards qui lambrissaient la muraille.

— Il y avait longtemps, dit-il, l'air soudain calme et presque rajeuni, que je souhaitais vous emmener ici. C'est, je crois, le lieu idéal pour notre sixième entretien. Je vous ai parlé la nuit dernière de la lecture du *Van Gogh* de Brieu et de la mort de ma mère. C'est à ce moment-là que j'ai compris bien des choses. La nuit de tempête, sur la grève qui faisait face au Faou, je suis passé pas très loin du suicide. Par noyade, le plus affreux. D'autant que la marée aurait ramené mon cadavre au village. Il eût été inutile de leur faire cette offrande. Comme je vous l'ai dit au donjon, j'ai ressenti cette nuit-là que j'étais doublement orphelin. Orphelin de mère et orphelin de langue. J'ai hurlé, de douleur, dans la nuit vide. Un cri qui ne soit d'aucune langue, d'aucun corps. J'ai hurlé, traits dévastés, les fibres de la chair comme en feu. Cri de Vincent, de Brieu, de Frédéric à l'instant de la mort. J'entends encore cette percussion froide, cette foudre blanche. Ma vie jusque-là avait été un échec. Je le mesurais nettement, seul face au large, parmi les feux des bateaux, tous ces signaux épars…

» … Le lendemain, j'ai eu le droit de revenir à la maison pour régler quelques affaires. Mon frère était là, marié, de lointains cousins. Ces idiots me faisaient fête pour ma soi-disant renommée… Alors qu'au fond de moi, j'étais le proscrit, l'invariable proscrit. J'eus accès à ce qui avait été ma chambre. Rien n'avait changé. Dix-huit ans après, je trouvai tout intact, mes livres, et surtout mon journal. Il était dans le tiroir du bureau, je le saisis, l'enfonçai dans ma valise. Je ne savais pas qu'il faudrait que j'attende votre venue, soit vingt-cinq ans, pour l'ouvrir...

» ... Dans le village, on me regardait de travers. Je fis quelques boutiques pour voir comment on m'y recevrait. L'accueil fut glacial, les commères chuchotaient dans mon dos. J'allai méditer à l'église, devant les vitraux et pour réentendre la confluence de la rivière et de la mer... Je n'arrivais pas à partir. J'étais fourbu. Un instant, je crus que j'allais renoncer à l'Amérique, à Susan... Il y avait Florence, je ne pouvais pas abandonner cet enfant... Et pourtant j'aurais pu l'abandonner pour l'art... Pour l'écriture.

» ... J'étais ému par ces lieux, ces chambres où j'avais connu le plaisir, écrit mes premiers livres. C'était — j'en avais l'intime conviction à présent — ces lieux-là qui avaient décidé de l'écrivain que je devais être. Ces lieux et ces noms, et ces êtres. J'appartenais à la mémoire de cette terre et je comprenais que ma fidélité était indissoluble. Même si je ne pouvais pas la vivre, si je ne pouvais plus la vivre... Je resterais traître et proscrit, jusque dans ma fidélité et ma mémoire... L'Histoire m'avait rompu. Elle me forcerait à inventer d'autres lieux, à me réfugier ici... Mon écriture fouillerait à jamais cette impasse...

Thomas Daigre, comme il le faisait souvent, s'était levé et il arpentait la salle à grandes enjambées, le dos cassé, l'œil absent. Il faisait glacial :

le feu de tourbe créait un maigre halo de chaleur. La fumée était dense. Je sentis venir une question à mes lèvres, une question stupide que je formulai malgré moi :

— Avez-vous été l'écrivain que vous vouliez être ?

Thomas Daigre revint près de moi : il semblait las.

— Certainement pas. Vous ne l'aviez pas compris ? J'ai écrit, d'*Angus* aux fragments, mais je n'ai pas été l'écrivain *baroque* que j'aurais voulu être. J'ai touché, dans mes textes, l'âme du monde par raccroc. Oui, par raccroc. Né près de l'Aulne, breton, modelé par les légendes de la mer, les rivages funèbres, païen et pieux, j'avais tout pour dire l'âme du monde. C'est cette parole du monde que l'on devrait entendre à toute page de mon œuvre. Et que l'on entendait, me semble-t-il, dans *Le Sagittaire* ou dans *La transparence*... L'Histoire, vous dis-je, était passée, et elle m'avait broyé. Bien malgré moi. Elle m'avait obligé à faire des choix, qui n'en étaient pas... Je devais, de naissance, être candidat à la proscription...

» ... Je suis allé jusqu'au Conquet. Ils avaient incendié le manoir de Frédéric. La grande bâtisse était au bord de la route, envahie de végétation. J'ai écarté les ronciers mouillés et les herbes, les orties, je me suis écorché pour trouver sur le mur l'impact des balles qui avaient tué mon oncle... À ce moment-là, j'ai su que je pouvais partir... J'avais tout vu : l'impact des balles, la tombe de famille — où n'était pas, bien entendu, Frédéric —, les retables baroques de Rumengol, la forêt, le chaos... Je suis rentré à New York où j'ai fait une longue dépression... Deux ans de noir. Je n'ai pas écrit un mot pendant cette période... Susan était absente. On m'avait enlevé Florence. Je restais des journées entières, les rideaux fermés, prostré, incapable du moindre geste. D'une certaine manière, je crois que ce sont les cours qui m'ont sauvé. Je me suis redonné à l'enseignement. J'ai fait un cours sur Brieu. Le cours n'exigeait aucune préparation... Je le construisais à partir de mes souvenirs, de mes impressions du moment. Je parlais, je séduisais, j'ai rarement connu comme à ces moments-là les pouvoirs de la parole séductrice... Puis je rentrais chez moi et la dépression me terrassait... J'ai tenté d'écrire... Des choses composées, des œuvres achevées comme au temps de la Trilogie... J'eus aussi quelques aventures qui toutes échouaient... C'est alors que Susan m'a proposé de me retirer à Lonveigh qu'elle venait d'hériter... Je ne connaissais pas l'Irlande. J'y suis venu... C'étaient les lieux de l'enfance, mes fjords bretons, mais surmultipliés... Bretagne majuscule. Originelle... J'y ai été bien, d'emblée. Entendons-nous : dans ma douleur, que je savais inextinguible. J'ai choisi d'habiter le château, de me remettre à écrire... De voyager aussi... Je ne rentrais plus aux U.S.A. que pour les quelques séminaires de cours. On est bien ici ?

Je ne savais que répondre. Mon vêtement glacé me faisait l'effet d'un suaire. Je resservis Thomas Daigre. Je me sentais ivre.

— On doit écrire, reprit-il, parce qu'on a besoin d'unité. L'unité dans ce que j'ai fait, je ne la vois pas. Ce sera à vous de la déceler si vous établissez ces textes. L'unité, je la ressens à Lonveigh. C'est un domaine pour moi, avec des lieux comme ceux dont j'ai besoin... Le donjon, le lough, les jardins, les forêts... C'est peut-être cela mon œuvre... J'ai baptisé tous ces lieux, j'y ai mes rites... Mon trésor... Ici, au pavillon de chasse, j'écris, je rumine et je trace les cartes... Tous ces rouleaux, c'est moi qui les ai dessinés... J'ai baptisé tous ces lieux, comme je nomme aussi les cerfs... Il y a les espaces à planter, les autres qu'il faut couper, des layons à ouvrir, des tourbières qu'il faudrait exploiter. Je reste des heures devant ces cartes du domaine de Lonveigh, comme un vulgaire exploitant, et je regarde ce que l'on pourra faire... Il y a peu de poésie là-dedans... De la matière, peut-être... Mais quelle matière ! Les eaux, les bois, la rumeur du monde, les bêtes... On m'enlèverait Lonveigh, ma vie n'aurait plus de sens...

Le feu faiblissait. Les massacres et les trophées du pavillon s'effaçaient dans les ténèbres. Quelques luisances éclaboussaient encore les crânes, les orbites nues. Je regardais Thomas Daigre manipuler ses cartes, aspiré par le mouvement de sa songerie, indifférent à ma présence. Une usure remontait de la forêt, qui me poignardait. Le passé de Thomas Daigre était là, tangible. J'avais l'illusion d'y circuler, mieux encore que dans le domaine de Lonveigh. Et ce qui me fascinait, plus encore que le personnage en lui-même qui commençait à m'inspirer une secrète peur, c'étaient les jalons et les rites qui constituaient l'armature infaillible de cette vie. Thomas Daigre laissa retomber les cartes et reprit :

— On pourrait presque arrêter là, mon ami.

Vous en savez assez. Vous en avez assez pour votre travail. Je crois qu'il me reste à vous donner un texte encore, qui date du printemps, et auquel je tiens. Le reste, ce sont des bribes sans intérêt. Je vous ai promis douze entretiens, et bien que traître, bien que proscrit, je suis un *homme de parole*. On va donc continuer, si vous le voulez. Sam, le majordome, serait là, il vous dirait que les conditions seront plus difficiles encore... Climatiques, j'entends... Après le chaos, il risque d'y avoir du gouffre... Mais vous y avez consenti en venant... Plus je vous parle, plus je suis surpris... Nous parlons depuis des heures. Nous plongeons dans l'automne et je crois que je vous attends depuis mars... Il fallait être un peu fou pour venir interroger le vieil aigle de Lonveigh... D'autant que vous ne tirerez aucune gloire de cette affaire... Beaucoup de crachats et de destruction... Dans mes moments de lucidité, je me dis : ce jeune homme perd son temps... Il aurait mieux à faire... Je ne sais pas... Écrire lui-même, plutôt que passer son temps auprès d'un vieux stérile qui n'a jamais rien écrit... Évidemment, il y a l'Irlande... Mais qui en voudrait à cette saison ? Vous seriez mieux à Paris, la séduction, les rencontres, votre carrière à gérer... J'avais bien raison de me méfier de vous... Bien raison... Je savais tout cela quand j'ai commencé à vous attendre... Quand j'ai reçu votre lettre, je l'ai montrée à Sam... Il est, je crois, sensible aux calligraphies... Il y voit des choses. Et, à son regard, quand il a reposé le courrier sur le pupitre du donjon, j'ai compris que vous étiez de ceux que fascinent les maudits...

XVI

À mon tour, il me fallait fuir. Seul, une fois encore. Je m'étais habitué à cette solitude douloureuse. J'étais sous le choc des deux derniers entretiens, je revoyais l'aigle torturé — peau diaphane, une concrétion d'os — avouer ses trahisons et ses retours, ses crises et ses manquements, dans la grande salle du pavillon déserté. Cette nuit-là, j'avais entendu glisser des pans entiers de forêts. Ressac de terre et d'eau mêlées. Les noms de la tribu m'ouvraient l'accès des cosmogonies.

Je pris la direction du Nord. J'avais fui sans prévenir personne. Thomas Daigre pourrait me chercher : je jubilais à l'idée d'être introuvable. À mesure que l'énigme de Lonveigh s'élucidait, le jeu se compliquait. Les pluies froides d'automne décuplaient mon angoisse. Le soleil était blafard, voilé, perpétuel captif des brumes. Il surgissait de l'autre côté des loughs, dans la buée des landes et des cataractes. Des hectares d'eau me séparaient de son feu. Je grelottais.

Depuis longtemps, je rêvais de découvrir la Chaussée des Géants. J'avais vu plusieurs photos du site, mais je tenais à arpenter les marches de basalte. Je passai la frontière : je fus fouillé comme un terroriste. Je crus deviner que l'armée anglaise craignait une recrudescence des attentats. J'évitai les cités lugubres que déchirait la guerre. Seule m'attirait la Chaussée nordique. Je la rêvais comme un aboutissement du voyage, un lieu ultime qui me récompenserait après tous ces doutes, après six *parties* d'un jeu érosif. Un de ces lieux vrais qui me raccorderaient à l'ossature du monde. À la longue la lumière décapante de Lonveigh m'avait blessé. Je cernais mal mon identité, ma *fonction* au sein de la tribu Daigre. Une angoisse s'était levée, persistante. Et je ne pouvais pas partir. Pour la première fois, j'étais à ce point prisonnier. Il m'était difficile d'analyser les liens qui m'unissaient à Thomas Daigre. Tout comme il me serait difficile de refermer le donjon de Lonveigh.

J'arrivai en fin d'après-midi. De la falaise, la Chaussée semblait étroite, décevante. Je descendis sous la pluie. Il n'y avait personne. Un moment, je crus apercevoir un homme enveloppé d'une cape qui remontait vers le chemin de terre. J'étais tout à la perspective de marcher sur la Chaussée. Elle surgissait, tronquée, d'un cirque de terre ocre, gigantesque flux de basalte en fusion. La mer arrivait, sombre, brouillée d'écume. La Chaussée se fracassait dans l'embrun. Piles déclives, colonnes arrimées, forêt de troncs octogonaux, la route se courbait, se cabrait, avant de s'enfoncer dans la mer. À moins que ce ne fût l'inverse et qu'elle surgît, pont levé d'Écosse, monumentale proue du Nord.

Je me hissai sur la Chaussée : le damier régulier des pas, des nénuphars célestes voguait sur l'eau. La mer jaillissait dans sa hargne saccageuse. Plusieurs fois, je trébuchai sous les assauts du vent. Une induction m'appelait, venue du large, de cette zone crémeuse, à la ligne des brisants où la route s'engloutissait, huilée, verdie par l'embrun, cathédrale pulvérisée, détachée du surplomb des falaises, une induction qui me poussait à descendre toujours plus bas, évitant les fractures et les vasques, les colonnes creuses, une induction que je lisais et qui était la rumeur écrite du monde. Mon vertige et ma griserie étaient au paroxysme. Étaient-ce mausolée de tuyaux noirs sertis d'écume, orgues minérales, déstructurées, ployées sous la houle, vaisseau de pierre hachée, suture de continent ? L'idée même qu'il y eût là une route me comblait, des pas au sommet de colonnes, et la matière durcie fondait à nouveau, dans l'écume, dans le vent, dans le feu égaré des balises, le basalte fumait sur l'océan en furie, chaos liquide, échasses et architraves dans le cadastre des gouffres.

Une route plongeait dans la mer, qui me reliait aux territoires, aux calottes de glace, aux volcans levés dans la brume, à l'Écosse primitive, à son long corps cinglant, gangrené de lacs et de tombeaux cosmiques. J'étais prêt à défier la vague, à descendre, plus que jamais sous l'emprise de cette ligne fluctuante, de ce seuil de la vague, noir ourlet qui gagnait, ensevelissait les colonnes usées, le vieux basalte cuit et recuit, épave reptilienne, et déjà je l'imaginais creusée, visitée par l'eau et dressée comme un magnifique trompe-l'œil, un massif de fleurs marines, patinées, à l'éclat de soufre, de feu froid, mordoré sous la lune.

La nuit engourdissait la mer. Le ressac s'exténuait. Les colonnes, elles, tanguaient, un fracas émanait de leur base, je les sentais vibrer sous mes pas, tel un pavage inégal, descellé, livré au vent mauvais. La Chaussée en fusion me parlait d'épopée et de passage, de cosmos commençant, de filiation et d'unité archaïque. Noirs amers de l'origine. La route sombrait, ornières liquides, axe fracassé. Porte marine. Il eût fallu descendre, plonger, aller jusqu'à l'Ω de ces lumières alcyoniennes. Vertige d'un continent de colonnes naufragées. Des pas de cendre dure. Quel sacrifice avait consommé la rupture et l'engloutissement de la route ? Nulle approximation scientifique ne saurait le dire. Il n'était, sur cette proue diffractée, de certitude, de vérité que de l'âme.

J'errai longtemps en ces parages. La bise soufflait du Nord et ramenait des paquets de mer et d'oiseaux rauques. On eût dit un tumulte d'Apocalypse. Je me perdis du côté de Dunluce. Le grand château démembré était assailli d'écume et de mouettes. La mer s'engouffrait sous la roche, arche caverneuse et démente ; les vestiges, taillés comme des potences dans la nuit, risquaient de s'écrouler. Une plainte s'élevait, de mer aride et de pierre qui feule. Le travail du monde était ici perceptible dans son usure et sa violence. La vieille hyène nordique fouettait les murailles, drossant épaves et naufragés sous l'arche de Dunluce. On apercevait son corps tapi, strié de luminescences, de brasiers tournoyants qui éclosaient à fleur d'eau, sa meule de lames et de voltes vengeresses. Des vibrations s'enflaient dans le corps entier de l'Irlande, Dunluce, bâti à même l'élémentaire, renvoyait le grand effroi du Nord, la côte cuirassée, cisaillée de bogues et de cratères, les failles goémoneuses où logent les oiseaux marins, l'éboulement des grottes. La forteresse marine était rongée de cris, de nuages de cygnes, de lames et de poussière d'embrun.

Cette violence me ravissait. Je sortais enfin du jeu clos du donjon. C'était ici qu'il aurait fallu organiser la suite des entretiens, face aux furies du Nord, continuer la partie au rythme des flots sinistres. Je voyais déjà Thomas Daigre, en cape nocturne, durcie de sel — comme l'errant solitaire que j'avais croisé en arrivant à la Chaussée des Géants —, dressé sur l'arche mouvante de Dunluce, et ses mots auraient été de vent, de mer houleuse, il eût ainsi atteint le bougonnement cataclysmique. Je le devinais, m'accueillant à la tombée de la nuit sur le pont-levis ceinturé d'écume, parmi les ferronneries de sel, m'invitant à prendre place dans la tour entamée par le butoir des vagues. Il n'y aurait plus eu de majordome pour manigancer l'échange, plus de rites, plus de code indéchiffrable. La langue de Thomas Daigre eût connu la transparence, la seule qui fût, celle du chaos. Les réminiscences telles que je les avais suscitées donnaient encore une cohérence à sa langue, mais je savais qu'elles l'érodaient, qu'elles la rongeaient lentement. Son discours était tissé de gouffres. Je laisserais Thomas Daigre aller jusqu'à l'éclatement.

Il me semblait aussi que Dunluce était le lieu idéal pour rêver le visage de Thomas Daigre. La peau se tendait sous l'embrun, tavelée, zébrée de minces et encore invisibles fissures, la bouche dessinait plus que jamais la ligne usée des dents, le visage rentrait en lui-même : il se consumerait dans l'os. Rien — ni les brumes, ni les feux pâles courant sur la lande, ni les buées et les vapeurs et les pluies du lough — ne parvenait à voiler cette érosion. La nuit, l'aveu lui donnait soudain une réalité, une présence.

Seul, sous l'arche, dans le craquement des lames déchaînées, j'entendais, dans mon ivresse, s'éroder le visage de Thomas Daigre.

XVII

J'entrai à tout hasard dans le silence de Lonveigh. Pas une lumière. Le château était tendu d'ombres. Je n'étais pas attendu. La nuit pure, froide, faisait ressortir le charroi des astres. Je me perdis aux lisières du lac. L'eau dévalait du sommet des collines en milliers de ramifications et de chutes. Et le lac était le pôle et le miroir sonore de cette convergence. Planait sur l'eau la vieille odeur des terres, des mousses gorgées de pluies. Je stationnai longtemps sur la rive, obsédé par le bruissement de ce travail aquatique, l'ouïe en alerte. J'aimais à songer, comme Thomas Daigre, que des reliques du dragon primordial fussent enfouies dans la vase. Peut-être étaient-ce ses articulations que l'on entendait geindre, sa lourde carcasse minéralisée, engluée de terre et d'algues primitives. Je montai à bord de la barque qui attendait sur la berge et m'avançai jusqu'au milieu du lough. Je ne savais pas ramer. À plusieurs reprises, je crus que le courant, qui forcissait lorsque l'on s'aventurait au point de rencontre des eaux, allait m'emporter. J'étais là, dans la barque de Thomas Daigre, comme un intrus.

Derrière les frondaisons clairsemées, on apercevait la bâtisse, avec ses terrasses, ses meneaux gigantesques, ses cheminées et ses hautes vitres qui réfractaient les bouillonnements du lac. On eût dit que le château n'était plus qu'une bogue ruinée où défilait et se défaisait la moire des eaux. Seule résistait la structure minérale, semée d'éclairs, d'impacts lumineux qui flambaient dans l'écrin des ogives. L'endroit était vide, damné.

Je retournai vers la rive. La barque s'immobilisa parmi les roseaux, dans une avancée de terre souple. Le ponton était loin encore : je dus, à tâtons, chercher les pilotis, puis, quand je les eus atteints, tracter la barque et l'arrimer. Je connaissais mal cette zone du parc. Une rangée d'aulnes noirs jouxtait le ponton. J'escaladai le talutage et accédai à une pelouse détrempée. Le château fourmillait d'ailes et d'avancées, de rajouts proliférants. Je ne l'avais jamais découvert sous cet angle. Les corps de bâtiment s'imbriquaient dans un très grand désordre duquel émergeait la lame pure du donjon. Je contournai la bâtisse. Le feutrage des feuilles tombées absorbait mes pas. Les feuillages me giflaient. Je marchai au hasard. La lune lissait de larges espaces dallés qui s'enfonçaient dans l'épaisseur du sous-bois : c'étaient niches et absidioles de végétation pourrissante, tabernacles de terreau au fond desquels l'œil devinait des restes de statuettes mutilées, tireurs d'épine unijambistes, chasseresses décapitées, Ganymèdes verdis de mousse. Parfois, au fond des cryptes, on entrevoyait le lough et ses premières palissades de roseaux.

Je prenais plaisir à m'égarer parmi les rocailles,

le long du châssis de serres éventrées, je m'aventurai du côté des dépendances totalement ruinées : il ne subsistait des écuries que des murailles drapées de lierre, les auvents battaient, et un fouillis de ronces et d'arbres nains avait investi les boxes. Le pavé était gras et humide. Je mesurais l'état de délabrement de Lonveigh : le parc, qui avait été aménagé dans le goût anglais du début du siècle — débordement contenu, tonnelles spacieuses, charmilles dans la perspective du lac, statuaire gréco-latine et esthétique du trompe-l'œil —, m'apparaissait plus abandonné encore que le château. Progressivement, les ronces, les herbes, les espèces indésirables envahissaient les jardins ; l'eau des collines, qui ne circulait plus dans le jeu des canalisations obturées, s'étalait sur les allées, emportant sable et graviers ; je pataugeais dans des chemins crevassés, labourés d'étangs. La mousse, l'humidité, les vapeurs du lough suçaient peu à peu Lonveigh, inondant pelouses et douves, sapant la naissance des murs. Le travail des eaux, qui résonnait dans l'enceinte du lough, était ici secret, insidieux. La lèpre mangeait le parc, et on eût dit que ce qui résistait encore — c'est-à-dire le château, les pyramides de rocaille, de longs bancs de pierre sous les charmilles, le grand bassin des fontaines — c'était l'ossature immarcescible, les ultimes lignes de la bogue qui demeureraient, quand Lonveigh se serait complètement vidé de sa pulpe.

Là-bas, tout au bout de la grande allée qui fendait le parc, l'atelier était illuminé. C'était comme un feu irréel qui m'avait soudain arraché à ma rumination funèbre, à ma déploration ambulatoire. J'avais la tête pleine de regrets, de grâces tronquées. Et soudain surgissait ce feu, tout au bout de l'allée, par-delà les ornières et les flaques, double nocturne d'un soleil définitivement inattingible ? Il m'attirait, il guidait mes pas, c'était le pôle de ma marche par les jardins, et je glissais, léger, sous les frondaisons ruisselantes, parmi les monstres griffus, les Vénus écaillées, les grands aigles insolites et les Cupidons sans flèche. C'était un bestiaire, un vivier mythologique, un muséum de souvenirs figés dans l'aridité du parc, dévasté, réduit à l'état de moignons ou de bribes. J'y voyais les restes obligés de toute culture mythologique, les ruines à partir desquelles il est possible de broder, de rêver. Et je rêvais déjà, j'accélérais le pas, je sautillais presque, tant était vive l'euphorie qui me gagnait.

Des buissons protégeaient l'atelier. J'avais le désir de surprendre Florence, de la surprendre au travail ; elle devait, songeais-je, peindre quelque chose comme la transparence de l'or. À moins qu'elle ne peignît les grèves, leur vertige désolé, elle avait perdu la couleur, l'emportement lyrique, elle était Daigre, elle peignait l'absence, la déréliction des Daigre. Le souvenir brut, livide, la réminiscence pâle de Thomas Daigre.

J'écartai lentement les ramures de buis pleines d'insectes morts et de feuilles agglutinées. Le feu de l'atelier était là, derrière, il me fallait créer une brèche pour voir enfin la peintresse dans sa danse. Je me tapis dans les buissons, à califourchon sur une branche. L'atelier était quasiment vide, d'une neutralité ascétique. Florence avait dégagé les grandes toiles rouges, il n'y avait plus rien, le verre, le parquet ciré, le grand chevalet central. Au milieu de l'aire ainsi tracée se tenait Thomas Daigre, nu, dressé sur un flot de tissu pourpre, des flèches plantées dans le corps. Un Thomas Daigre impassible, la peau blême, écorchée et striée de longues coulures sanglantes. Il était nu, et j'étais surpris de découvrir un corps aussi maigre et aussi athlétique — épaules larges, développées, cuisses musclées. Beau dans sa vieillesse noueuse, sous sa parure de flèches. Florence était cachée par la toile, elle travaillait de biais, dans la lointaine encoignure de l'atelier. Je restai plusieurs minutes ainsi, dans l'inconfort du buisson, interdit, aimanté par la vision du vieillard sanglant, je n'arrivais plus à me détacher du spectacle que me réservait, au bout des pourritures et des cryptes ruinées, le feu boréal de l'atelier.

Et il fallait partir. Parce que je commençais à souffrir de ma posture — et de ma position de voyeur. Je n'avais pas à être témoin de ce rite, un des nombreux rites, j'en avais la certitude, qui devaient émailler l'existence de Thomas Daigre. Après la poussière et l'écume des jours, après tant de réminiscences, je voyais Thomas Daigre réintégrer le grand temps du sacrifice. Je l'avais vu saigner sous le pinceau de Florence. Je rebroussai chemin. Ma vision me brûlait. Le grand feu était là, derrière moi, entre l'allée et le lough, il suffisait de faire quelques pas et je retrouverais l'ascète flambant, écorché sous les pals. Les statues, les vénustés antiques, les angelots et les chérubins défilaient à une vitesse fulgurante. La terre tanguait. C'était le lac qui sortait du périmètre de ses rives. Des comètes passaient. Je traînai au bord du grand bassin et je voyais se tordre les longs filaments des algues, l'humus, les milliers de feuilles amoncelées. Sur l'eau les feuilles entassées figuraient une colonie de rainettes pluvieuses, une colonie si dense qu'elle figeait les remous du bassin. Je ne me défaisais toujours pas de l'image hallucinante.

J'entrai dans le labyrinthe. La poterne s'ouvrait face à la fontaine. J'écrasai des plumes, des coquilles, des ossements friables qui pavaient la conduite intérieure. Coudes, incurvations, retours, virages, je ne tuerais la vision qu'au prix de ce piétinement. Mais d'autres images, plus scandaleuses encore, venaient se greffer sur la première, l'étamine de drap rouge sur laquelle posait l'écrivain se déployait, elle envahissait le labyrinthe, elle brûlait là, derrière, dans l'allée contiguë, c'était son feu que je saisissais dans les nodosités des buis, les plis se gonflaient, et dans ces plis, au cœur de cette couche ardente, je reconnaissais les corps nus et noués de Thomas Daigre et de sa fille, labourés de sang, de sperme, mille tessons de givre et d'écarlate sur leurs corps accouplés, unis enfin dans le labyrinthe. Et mes pas, et mes retours, et ma peur distillaient l'image, la pourpre et les deux gisants blancs, je heurtais les racines, les soubresauts d'une terre fendillée, j'entendais le lough laminer les jardins — les îlots de marbre vert et le couple pétrifié.

*

CARNETS D'IRLANDE
(suite)

15 août 198.

Je l'attends désormais. Comme si le compte à rebours était enclenché. Son arrivée est prévue aux environs du 31 août. Il va falloir parler d'écriture, il y a là quelque chose de sacrilège.

Étrange idée que de venir voir un écrivain. Et pourtant, si c'était là ma chance, une façon miraculeuse de quitter un certain ressassement. On va voir.

19 août 198.

Attentats en Irlande du Nord. Je soutiens ces occultes compagnons d'armes, j'attends qu'ils se libèrent, et je les aide comme je peux. Rêve d'une Irlande unitaire.

31 août 198.

Il est arrivé. Présentation protocolaire. L'ai trouvé gauche, timide, comme effrayé par le décor. Je l'attendais depuis la fin d'après-midi, je le suivais en pensée au bord des lacs, la conjonction des grandes marées et des pluies faisait de Lonveigh une bâtisse insulaire. J'ai senti que le *jeu* prenait. La mise en scène est opérante.

8 septembre 198.

J'ai demandé, par jeu encore et toujours, à Sam de le suivre. Il visite, fait le touriste, paraît gagné par le paysage. Cela me semble d'excellent augure. Sam me dit l'avoir vu sur la route côtière où il marche et prend des photos. Il arrivera ici, plein des chiffres du paysage. Excellent.

Me fallait-il cette mise en scène pour que j'ouvre les liasses de mon journal ? Passé la journée à me relire, extase d'embaumeur. Retrouvé la tribu, retrouvé Olivier — il doit être mort aujourd'hui. Avant même le début des entretiens, j'ai, le premier, fait sauter le verrou. J'ai, le premier, consenti à la mémoire.

14 septembre 198.

Pourquoi douze entretiens ? Pour la beauté du chiffre, d'abord. C'est un jeu qui s'engage, une partie que le solitaire du donjon peut perdre. La republication de mes livres, le rayonnement de mon nom, peu m'importe. Fantasmes morts.

Douze entretiens ? Et si je distillais la vérité, une fois sur deux ? Si je me composais un double visage ?

J'ai commencé à parler et je sais que je ne peux plus mentir. On a parlé de peu de chose pourtant, Brest de mes études, et la guerre. Je ne peux plus mentir. Je l'ai compris au premier mot.

30 septembre 198.

Usure. Troué de visages, de souvenirs. Retrouvé, dans la parole, Brieu. Je suis ce matin percé et terrassé par une lourde angoisse. Brieu est mort. Et je dormais. Je n'ai même pas entendu la décharge. Le corps est couché sur les feuillets, une coulure de sang zèbre les pages. Je prends peur. Je fuis. Allemands, capotes sombres, drapeaux frappés de la croix hideuse. Et je suis lié à *cela*, toute cette ignominie. Brieu dont j'ai classé les pages, cousu les manuscrits, Brieu sous la dictée duquel j'écrivais encore la nuit dernière. Et je fuis. Paysages de Van Gogh, incandescences. Pourquoi cette mort ? On est cerné, il est vrai. Les jours sont comptés. Tôt ou tard il va falloir payer. Et Brieu a payé, monnaie sanglante dans la bouche.

Grand froid. Premier saisissement de l'automne.

2 octobre 198.

Ma marge de manœuvre s'amenuise. *Celui qui écrit* va devoir accoucher de sa vérité, et surtout de ses manquements et de ses failles. Reste l'illusion du jeu, dont se grise le majordome.

Je suis pris à la vérité du passé, à celle du paysage aussi. À la vérité de cette lame qui perce les eaux et que je dois être le seul à voir. Lame obscurément lumineuse, dague.

C'est mon visiteur qui a remis le paysage en travers de mes pas.

4 octobre 198.

Je ne cesse de retrouver des textes. Ce donjon est un conservatoire, feuillets jaunis, vieilles pages, traces et déjections. Je suis condamné à l'empreinte, au ressassement de l'empreinte.

Failli abandonner. Renvoyer le questionneur. Je ne le supporte plus dans mon donjon, chez moi, parmi mes pages.

6 octobre 198.

Je n'en finis pas de rassembler des images, de revivre un itinéraire. Douze atomes de mort. Le jeu est âpre, serré. Je parle, je me livre. Et cela me donne un semblant d'apaisement.

9 octobre 198.

Des noms, dans la perdition de l'ivresse, des noms pour calmer l'angoisse. Angus. Transparence. Sagittaire. Des noms issus du réseau de signes que j'ai disposé, noms de feu abyssal pour mieux communier à l'origine, mieux retrouver le grand bloc infernal.

De nom, je n'en ai plus le matin quand me quitte mon visiteur. Je suis sans nom, à la confluence de souvenirs, sur une ligne de crête où se bousculent fragments d'itinéraires, visages, paroles échangées, pactes absous.

11 octobre 198.

Ce n'est pas ma vie qu'il réveille, mais ses potentialités arrêtées. Je suis soudain à des zones d'étoilement, des voies s'ouvrent, aussitôt murées. Et pourtant je passe le mur, et je reste dans cet entre-deux, hébété. Je ne suis d'aucun monde, d'aucune vie.

16 octobre 198.

Florence et son vertige. À nouveau l'ange Luigi. Tout reviendra, lente agonie du souvenir. Labyrinthe. Alambic. Rien ne me sera épargné. Rien. J'ai voulu brûler des pages l'autre jour, mais ce que j'ai brûlé, même si je ne m'en souviens plus, revient la nuit dans mon discours, les pages calcinées se reconstituent, se retrament. Étrange unité du discours nocturne.

18 octobre 198.

Se défaire. S'abandonner jusqu'à la négation. Ou parler, parler, jusqu'à atteindre le vide. Mais ici on rencontre le monde, son tissu épais, l'œil du lac, les tourbières. C'est au travers de ce seul prisme qu'il faut me lire. Toute autre tentative est vaine. Il n'est de lecture possible que poétique. Dans le donjon, entre le Labyrinthe et le Dragon. J'entraîne mon visiteur de l'un à l'autre. Tantôt je suis Labyrinthe et je lui ouvre les ramifications de la réminiscence, tantôt je suis Dragon, secoué de mes pulsions, de mes fascinations sordides.

Je dois l'épuiser. Il a disparu depuis des jours. J'aurais besoin de lui, mais je crois que Sam ne transmet pas mes ordres. Où peut-il bien être ? Suicidé, au fond de quelque lough du Connemara ? Il déteint, il pâlit. Il faut le traîner au pavillon de chasse, sous les massacres. Il m'arrive, au seuil de la nuit, tout lavé d'Irlande. Je l'accueille, fébrile, assoiffé de verbe. Mise en scène rituelle. On boit. *Choses sérieuses*. Les mots, qui ne dansent plus pour moi, adviennent. C'est moi qui danse, seul, la nuit durant, sur mon chaos. Seul, entre Labyrinthe et Dragon.

XVIII

Il y eut, à la mi-novembre, une réception organisée par Susan et Florence. Elles avaient fait venir des U.S.A. et de Paris quelques amis, des critiques aussi, pour la présentation des dernières toiles. Le majordome en grande tenue guidait les invités dans le dédale des salons. Florence avait rassemblé des toiles des deux dernières années : polyptyques vénitiens, la série des charniers galactiques, les toiles du Sagittaire et surtout, ce qui m'émut le plus, la succession des saint Sébastien. Il y en avait onze, onze maelströms sanglants, crêtés d'épines, dans lesquels s'atomisait le corps de Thomas Daigre. Le visage était méconnaissable, le corps fracturé, transpercé de flèches qui fusaient tels des pieux arrachés aux planètes, se liquéfiait sur des blancs purs, comme d'hivernales grèves. Car telle était la nouvelle obsession de Florence, les lises, les sutures, les chemins d'interception, les zones intervallaires. Le dernier saint Sébastien figurait un sarment pierreux sur une terre d'après le déluge. Lonveigh s'était vidé de ses brasiers et de ses flots : demeuraient les sables, la mue minérale, minée de combes et de grottes, et de-ci, de-là quelques laissées d'eau.

L'atelier de Florence avait envahi le château. Il y avait des toiles dès l'entrée, face au grand escalier, puis partout dans la suite des salons qui donnaient sur le parc. Florence, très belle, allait d'un groupe d'invités à l'autre. Des feux flambaient dans les hautes cheminées. Susan était sans cesse entourée. Des amis américains vantaient tout fort les toiles, plus loin des critiques pincés distillaient de rares compliments. Je retrouvai, par hasard, quelques lointaines connaissances surprises de me voir là. On envia ma « relation privilégiée » avec Florence qui, je le comprenais, était une valeur montante de ce petit milieu.

Je ne reconnaissais plus Lonveigh. Cette foule modifiait la perception que j'avais eue jusque-là des lieux. Cette maison était habitable. Les invités chantaient les mérites des grands salons qui ouvraient sur le lough, Américains bavards, bruyants. Les amis de Susan avaient la complicité des gens d'argent — et la contemplation tonitruante.

Thomas Daigre fit une arrivée tardive. Un mouvement de foule salua son entrée dans la salle d'honneur. On se précipitait vers lui. Il semblait absent, illuminé. Désorienté de trouver cette foule au sortir du donjon. Il serra quelques mains, à la façon d'un automate. On le photographia auprès de sa fille. Je fus étonné de voir comment il se laissait faire, se laissant guider de groupe en groupe, sans hostilité ni réticence. Acceptait-il cela pour sa fille, pour l'art de Florence, ou comme une mauvaise comédie qui n'avait que trop duré ? J'entendis qu'on l'interrogeait sur les toiles présentées, il me sembla qu'il répondait de bonne grâce, évoquant quelques motifs, quelques couleurs qui l'enchantaient. Florence, dans sa longue robe rouge, escortait son père. Elle ne le quittait plus. Thomas Daigre, un verre de whisky irlandais à la main — on ne transigeait pas pour autant sur les vraies valeurs —, bavardait en anglais avec des propriétaires de galeries de New York. Il leur parlait de son domaine, de ses bois, de ses cerfs, comme l'eût fait n'importe quel châtelain borné.

Le champagne, les soieries fastueuses, les fourrures, le bruit de ces conversations inessentielles... Je sentais grandir ma nausée. Les invités me cachaient les toiles. J'échangeai quelques mots avec Susan, de pure politesse. Deux journalistes, que j'avais jadis rencontrés dans des vernissages à Paris, m'assommaient : le moindre de leurs mots sentait le fiel et l'envie. Je compris que Florence aurait droit au mieux à un éreintement. Ma nausée croissait. Un dîner devait être servi dans la bibliothèque. Il eût été indélicat de partir. Je restai donc, sans conviction.

La cinquantaine de convives avait pris place autour d'une longue table dans l'axe des fenêtres. Je me retrouvai entre des Italiens avec lesquels je pus, par bonheur, parler de Rome et de Venise. Thomas et Florence Daigre présidaient. On renouait avec les grands temps de Lonveigh, le luxe des dîners au pied des parois de reliures dorées, le bruissement des langues brouillées, l'éclat somptuaire. La cérémonie tenait de la comédie qu'on jouait — avec nappe, argenterie et cristaux d'époque —, et je connaissais suffisamment Thomas et Florence Daigre pour deviner toute l'ironie qu'ils avaient mise dans cette fausse fête. Les bougies, saisies d'anamorphose, distendaient les visages, c'étaient des bouches monstrueuses, avides, qui engloutissaient le saumon, la conversation s'exténuait, des cris éclataient parfois, saugrenus, rompant l'harmonie, la belle entente de ce vernissage irlandais.

Quand j'eus épuisé les charmes de la peinture italienne, je décidai d'en rester à l'écume des choses, de vivre sur la ligne du vertige, dans la saoulerie des flambeaux et des soupières d'argent, jouissant de ce festin par le regard, cette longue table de naufrage, cette table de spéculateurs et de marchands, de parasites et de voleurs. Tout ce qui était assemblé là était étranger aux valeurs de Lonveigh. Cela, j'eusse aimé que Thomas Daigre le dît.

Le service traînait. Je m'éclipsai le temps d'aller dans les salons revoir les toiles. Les onze crucifiés surtout. Florence avait saisi la blancheur de la réminiscence, le vide du sacrifice. C'était, à n'en pas douter, un grand peintre. La clameur de la bibliothèque me revenait, je crus qu'on commençait à chanter. Soudain je sentis une main sur mon épaule :

— Patientez, je serai à vous tout à l'heure, je vais tout de même leur dire quelques mots...

C'était Thomas Daigre. Je le suivis dans la bibliothèque. Il jurait dans ce petit monde, avec son éternel chandail gris à col roulé :

— Je suis heureux, mes chers amis, de vous accueillir ici. C'était une grande joie pour moi.

Merci d'avoir ainsi fêté Florence. Merci d'aimer ce qu'elle fait. Mais n'oubliez pas que l'art, ce n'est pas seulement la complicité amicale d'un soir de fête, c'est une blessure, un silence, une incompatibilité. Puisse-t-il vous rester quelque chose de la rudesse de Lonveigh...

Des applaudissements stupides avaient couvert les derniers mots de Thomas Daigre.

XIX

Les invités avaient quitté le château. On entendit démarrer les dernières voitures. J'étais fourbu, mais Thomas Daigre paraissait décidé à parler.

— Il ne restera rien de tout cela demain. Rien. C'était utile pour Florence qui a vendu beaucoup de toiles. Je ne me fais pas trop d'illusion sur la réception de ce que je leur ai dit. C'est déjà oublié. Ils ont mangé, ils ont bu, ils ont acheté des toiles… Et ils sont étrangers à la fracture de l'artiste. Ils agissent dans la matière, le circuit des biens… Vous les avez vus… Quel peuple de parasites… Demain ils seront à Genève ou à Rome… C'était ma dernière comédie. Je ne ferai plus cela. J'ai ri un moment de votre malaise… Quand je suis descendu, j'étais déjà blindé. Susan, elle, adore ces manifestations et vous savez qu'elle est ici chez elle, il m'était difficile de m'y opposer… Des toiles de Florence, lesquelles avez-vous préférées ?

Je n'hésitai pas un seul instant. Ce qu'il y avait de plus fort, c'était la série des portraits en saint Sébastien.

— Il m'est difficile de juger, reprit Thomas

Daigre. Difficile parce que je suis en la circonstance juge et partie. Je crois, en effet, que c'est une belle série, qu'elle n'a pas vendue d'ailleurs et qu'elle m'a promis de garder jusqu'à ma mort... Onze toiles... Voyez-vous, quand je ne suis pas avec vous ici, je descends dans le froid de l'atelier... J'ai peur d'une telle série. J'espère qu'après elle pourra encore peindre. Je me suis demandé si d'une certaine manière elle n'avait pas rompu avec sa manière antérieure, ses brasiers, ses jaillissements galactiques...

» ... Vous savez, à dix-sept ans, elle peignait déjà ainsi... Je me souviens de ses premières toiles. C'était aux U.S.A. Je les avais découvertes par hasard. Elle me les cachait. Je suis entré un jour dans sa chambre et j'ai vu les grandes toiles éparpillées... Il y a eu deux choses : son regard perdu et la certitude que ma fille était une artiste. Je le lui ai dit tout de suite. J'étais conquis par sa transe, sa furie de peindre. Je l'ai encouragée, je l'ai soutenue. C'était une révélation, quelque chose de positif enfin... Oui, une révélation, quelque chose qui naissait de ma longue union avec Susan. J'ai voulu que Florence puisse vivre uniquement pour l'art, je lui ai donné mon presbytère Santo Spirito, je lui ai fait construire l'atelier de Lonveigh... Cette naissance, cette véritable naissance de Florence, m'embrasait. J'y vis une sorte de continuité, une possible perpétuation du nom. Je me mis à exister par ses toiles. Des nuits entières, je la regardais peindre, et c'était un bonheur pur, inégalé. Je crois que fondamentalement j'aurais aimé peindre, j'aurais aimé lancer les signes comme elle fait... Mais j'étais voué aux mots, et ce soir encore, vous avez, mon jeune ami, ce double corps face à vous. Mon corps blessé par les flèches, et mon corps de mots que je traîne, tous ces mots hagards, épars, que j'ai déposés, dont j'ai cru me défaire et qui reviennent sans cesse me hanter. Je suis lourd de mots qui seraient comme autant de rêves inaboutis…

» … Une fois encore, la naissance de Florence me laissait sur la rive… Il y avait eu Brieu, il y avait Florence… Et moi je n'avais rien fait. Si, j'avais expérimenté. Beaucoup. Dans la douleur, parfois jusqu'à l'anéantissement. Il me restait une chose : m'enfermer à Lonveigh. Au début, personne n'a cru à cette réclusion. Ni Susan, ni Florence. Elles me donnaient deux mois. Elles devaient ignorer ma vocation érémitique. Je me suis remis au journal. Quelque chose comme un journal de mon bord… Retraite… Quel mot magique ! Je sortais enfin de la vie. De ce que j'appelle la vie, c'est-à-dire de tout ce que vous avez vu ce soir, de ce monde mensonger où triomphent l'usurpation et les fausses valeurs… Je n'habiterais plus que des lieux vrais. Je ne m'entourerais plus que d'êtres vrais. Il était temps. Ce qui a été le plus pénible, cela a été la rupture avec les étudiants. Je crois que j'avais fondamentalement besoin de leur regard, de leur admiration. Certains ont continué à m'écrire ou à écrire sur mes livres… J'ai toujours été surpris de leur adhésion, de leur fidélité. Je ne leur avais pourtant rien appris, je ne leur avais donné aucune certitude. Je leur avais appris à passer par mes bégaiements, mes absences…

» … C'était bien la preuve que ce corps de mots

existait, puisqu'ils revenaient… Parfois même jusqu'ici… Pèlerinage à Lonveigh… On évoque des souvenirs, des complicités… Je leur lis un fragment que je viens d'écrire… Ils me plaignent généralement de vivre ici… Cela m'amuse, comme m'amusent leur innocence, leurs valeurs… Ils repartent… Et je suis bien, seul… C'était déjà ainsi, lorsque après-guerre j'écrivais à Florence dans ma chambre qui donnait dans l'église… Je voyais la messe, les pénitents, et j'étais déjà de l'autre côté de la vitre… Cette vitre qui n'avait cessé de me séparer du monde, même aux moments de plus grand bonheur, au début de mon couple avec Susan… Je ne réussirai jamais à vaincre cette distance. Les choses, les signes résonnent, mais, séparé, je n'en perçois pas la rumeur…

» … Susan… Si éclatante, si charnelle… L'amour fou, la fusion de la vitre, l'accord miraculeux… Que d'extases, quand elle me chantait ses ballades irlandaises, m'initiait au whiskey… La vitre est revenue, avec le temps. Évidemment, il y a Florence, il y a la complicité des gestes, des nuits, les corps… Il y a cette émotion qui me prend lorsque je la retrouve et qui s'efface vite, parce que très vite elle m'irrite, tout ce qu'elle entreprend m'agace… Mais je ne sais pas rompre… Je vis de ces retours, de ces flux et reflux… Je me courbe sous la vague… Je suis vraiment usé. J'ai peur de vous décevoir, mais je vous le dis… Je suis usé, la vie me pèse… La légèreté, le frisson de surface, je ne connais guère. Et ce paysage qui m'écrase, m'érode…

» … Quand j'étais enfant, pour m'effrayer je

suppose, mon grand-père me racontait une exécution capitale dont il avait été témoin… Avec un luxe de détails… L'installation de la guillotine, le condamné en robe blanche, l'attente de la foule, le condamné arrivait, visage de cire, les mains liées, le bourreau le jetait sous le couperet… On montrait la tête… Le soir, avant de m'endormir, je me redisais cette histoire, je la revivais à chaque seconde de son horrible rituel, et elle me faisait jouir…

» … Il faut que vous vous la racontiez, c'est un bon viatique pour la nuit…

Je quittais encore Thomas Daigre, comme si l'entretien que je venais d'avoir eût été le dernier. J'étais fasciné par son incohérence et m'obsédait l'image du corps criblé de flèches, de la dépouille sacrificielle en onze stations, onze tableaux. C'était ce corps blessé que j'avais eu face à moi. Cette parole transpercée, cette route épineuse — tronquée sous l'assaut de la mer.

XX

J'avais repris l'habitude des promenades sur le rivage. J'allais quelquefois encore jusqu'à la pêcherie dans sa lointaine anse. Mais un spectacle nouveau captait toutes mes contemplations : la carcasse échouée d'un énorme cargo qui s'était empalé sur les éperons qui défendaient l'accès des grottes. Le navire éventré, pont fracassé, tourelles brisées, surgissait de la mer cendreuse, et c'était déjà une épave, rouillée, constellée d'oiseaux qui y avaient aussitôt élu domicile. Je restais longtemps face à la mer, à regarder le vaisseau crevé, le désordre de tonneaux que la tempête avait répandus jusque dans les grottes, les cabines avaient vomi leur charge d'hommes, de marins ivres, chaloupes perdues dans la grisaille de l'océan mauvais, furie noire de novembre ; je croyais entendre l'effroyable fracas de la carène heurtant les roches, l'acier blessé et la structure qui s'ouvrait aux premiers bouillons de la mer, cargo d'écume et de pierres sanglantes, défiguré dans le naufrage.

Son nom était encore inscrit, en lettres pourpres, que laveraient bientôt les intempéries. Nom pur, fixé, ultime défi aux éléments. Je regardais ces lettres, ces signes qui composaient quelque chose comme *Argos*, nom d'épopée, d'aventure hauturière, que le négoce et la tempête avaient ruiné. La mer grondait, on sentait la tempête imminente. Sa menace ne cessait de courir sur les flots, de les buriner. La houle s'enfonçait dans le cargo ouvert, visitait soutes et recès profonds ; un concert de parois flagellées, de machines disloquées résonnait dans l'enceinte des cavernes marines.

J'avais peine à m'arracher à la contemplation de l'*Argos* échoué. Je savais qu'il demeurerait là, que la tempête et les éléments ligués le désosseraient, le burin des lames saperait les chambres intérieures, des roches naîtraient dans l'anfractuosité des salles, nouvelles cryptes, gouffres d'acier et le nom ne cesserait de s'éroder, signe usé, progressivement mangé par la pluie, l'embrun, le vent salé, les fientes. Ce qui me désolait, plus encore que la fin du navire, c'était l'effacement de son nom, les lettres bues par la cendre de mer, occultées, niées, égalisées sur la coque d'acier mort.

Il y avait là comme un présage dont la désolation m'emplissait comme je revenais vers l'hôtel. Les lumières se faisaient plus ternes, un rare soleil crevait parfois la lisière de brume, mes pas étaient lourds, complices du terrain, du chemin spongieux, de son labyrinthe de signes que j'avais creusés, recreusés. Il devait être temps de partir.

*

Il arrivait encore que Florence me rendît visite. Muette, mystérieuse. On n'évoquait rien qui pût se rattacher à Lonveigh. Seul comptait l'îlot de nos étreintes. Florence affectionnait toujours les mêmes mises en scène, elle avait besoin de l'élément, du vent froid. Le plaisir demandait les mêmes préliminaires, la même contemplation de la mer écumeuse, le même effroi au seuil du monde. Le corps de Florence, plus avide, plus exigeant, était secoué de rages, de convulsions morbides. Florence hurlait, me racontait ses rêves dans le jardin, le lough menaçait d'engloutir l'atelier, elle s'imaginait peignant une dernière toile alors que les eaux déferlantes la tiraient par les pieds. Ces songes rejaillissaient sur notre complicité érotique. Nous rivalisions de ruse et d'audace, Florence exigeait d'être clouée par le plaisir, elle voulait être *foutue* — c'était là son mot — totalement, nous ne serions comblés que lorsque nous aurions frôlé la mort, la mort des grèves, des ailleurs désolés, fouettés de sel et d'écume taraudante, et nos corps lacérés n'en finissaient pas de flotter par les béances et les gravières, spectraux, vidés de toute ardeur, enduits de semence sanglante.

Immobile dans la chambre glaciale, Florence délirait, les cheveux hors du lit, comme une cataracte de noyée. Elle rêvait d'inventer la jouissance blanche.

*

Le soir, je sombrais dans les pubs. Je voulais fuir cette lourdeur nauséeuse qui m'accablait, je voulais m'abstraire de la strangulation des signes. Il y avait ceux que j'avais déchiffrés, et ceux que ne cessaient de disposer Thomas Daigre, Florence et le majordome. Au premier verre de whisky, je me délestais de cette angoisse térébrante, les flots de Lonveigh s'effaçaient, l'*Argos* disparaissait dans la faille des fonds, la voix nasillarde des chanteurs m'emportait. Je me grisais de ces ballades rauques, traînantes, lancinantes, j'aimais leurs redites, leurs accords simples, la désolation de leur ton et de leurs harmoniques. Je plongeais dans l'Irlande immémoriale, faite d'usure, de blessure, de monotonie, et de souffrance acceptée et vaincue. Je n'avais soudain plus rien à voir avec le drame irréel de Lonveigh, la lente agonie de l'aigle, c'était ce territoire qui me happait, avec ses romances niaises, ses chansons de vieux lutteur revenu de toutes les illusions, ses épopées dérisoires, assenées comme s'il se fût agi de gestes héroïques.

L'ivresse montait, j'observais les buveurs hiératiques accoudés au bar. Boire était ici un rituel, une cérémonie conviviale, aux portes de la nuit des loughs. Mes compagnons de beuverie avaient le cuir dur, l'œil vif. Je ne saisissais que des bribes de leur rocaille gutturale, façonnée par la côte, les brisants. Mes messes de la soif m'étaient indispensables. Je voulais étouffer ma peur, la vieille angoisse qui s'amplifiait, je voulais l'éteindre dans le whisky et la bière, plus de musique, de mots qui s'entrechoquaient, plus de mémoire, de tourbe brûlée, plus d'*Argos* et de Lonveigh — le seuil néanteux de l'ivresse.

Fin de partie

XXI

CARNETS D'IRLANDE
(suite)

19 octobre 198.

Passé la nuit dans l'atelier, criblé de flèches. Je suis marqué du feu de ces épieux torrides. Le rite m'a surpris, sanglant, douloureux au début, puis, très vite, on atteint une sorte d'insensibilité, d'extase blanche. Je suis comme mort, veines tétanisées, cœur lent. Je n'entends même plus la vague qui se brise contre l'atelier.

J'ai demandé à Florence à ne pas voir le *résultat*. Tout en sachant bien qu'il s'agit d'autre chose. D'un côté, le délire de Florence, de l'autre, ma douleur de crucifié. L'un et l'autre ne se rejoindront jamais.

21 octobre 198.

Rêve. Une prison aquatique, dont l'axe central distribue les cellules au hasard des flots.

Condamnés immergés, captifs aux poumons remplis d'eau. Et il faut monter, et descendre, tourner autour de la vis axiale, des jours, le temps que les premiers arrivés soient définitivement engloutis.

22 octobre 198.

Mes rêves se logent dans les rares plis de sommeil que je leur laisse. Aussi sont-ils concentrés, d'une violence que l'exiguïté que je leur consens déchaîne.

Reste la rêverie éveillée. Les mots, les couleurs de la réminiscence la nourrissent souvent. Je suis à l'arrêt, inondé par une couleur, baie de l'Hudson, crépuscule sur l'Arno. C'est une image, imprécise, à peine formée, et qui dure, dans son tremblé, son inachèvement, quelque chose de fugace appelé à demeurer, étrange monade sur le travail des matières de Lonveigh.

24 octobre 198.

Toute ma vie, j'aurai attendu le Visiteur. Celui qui vous fascine sur un banc d'amphithéâtre, ce passager qui incendie votre vie, vous *dévalise*. Image fondamentale que celle de ce possible Visiteur. Certains n'étaient que des corps. Le dernier est une question, une oreille qui enregistre, une distance. Un juge peut-être.

26 octobre 198.

Je ne trouve plus le sommeil. Je descends dans les caves, sous les arches et les voûtes, je vais écouter la vieille eau qui suinte. Elle ruisselle à même la muraille, dessine ses langues molles, sa calligraphie de songe apathique.

Enfant, c'est dans les pierres du chaos, entre la forêt et les sources de la rivière que je me lovais ainsi. J'aimais m'introduire entre les roches, glisser dans le goulet de leurs blocs polis, on ne savait pas où on allait, on pressentait le vide, et le corps agrippé se tendait, insupportable traction, jusqu'à ce qu'il atteigne un rocher, quelque marche secrète tapie dans le cœur du chaos. L'eau bruissait, la tête chavirait, assourdie par ce fracas qui s'élevait dans une enceinte pure, trouée de rares fenêtres. Désir, déjà, d'être au plus près de la croûte lichéneuse, de la pierre volubile, parmi les résines, les brindilles du commencement.

Au retour, j'entrais dans l'église de R. pour le seul plaisir d'aller voir le gisant transpercé de saint Sylvain dans l'autel qui lui faisait office de coffre funéraire. Corps ophélien, en tunique féminine, androgyne. J'avais les poches pleines de pierres. J'eusse volontiers fracassé la vitre pour rejoindre le dormeur.

28 octobre 198.

Nouvelle station dans mon itinéraire. Nouvelle pose, nouvelle cérémonie de la réminiscence. Je suis bien là, soudain, dans le ravissement oriental de l'immobilité absolue que m'impose Florence. Je suis bien là, soudain, dans le jeu serré des souvenirs, rescapé de mes absences et de mes morts.

J'ai toujours été absent, à côté. Il aura fallu le donjon de Lonveigh et son mystérieux visiteur pour que j'entre en résonance avec cette matière que je croyais morte, et qui est ma vie. Cette infranchissable distance s'annule soudain, je suis acteur de ce que j'ai fait, ou subi, on n'agit plus en mon nom et place, *je me parle enfin.*

31 octobre 198.

Je veille, seul au donjon. Nuit épaisse, obscure. Je suis seul dans ma cellule. Me fascine la porte, l'étroite ogive de chapelle. À la fin du douzième entretien, elle se fermera définitivement. Je serai rendu à ma solitude d'avant. Non, une solitude labourée, écorchée.

Il s'agira, alors, de chercher une porte, une issue honorable. T.D. le Breton, T.D. l'Italien, T.D. l'Américain, T.D. l'Irlandais, T.D. l'apatride.

Ces fragments pour mieux noter la sismographie de mes errances. Je ne suis d'aucun lieu. Et les séances de pose, et les entretiens achèvent de casser le peu de complicité que j'avais avec Lonveigh.

3 novembre 198.

Un personnage me hante, quelque chose comme une figure de fiction. Les eaux refluantes du langage l'ont laissé en moi, je le devine, il est là, c'est un nom pour l'heure, un ludion qui m'est donné pour habiter ma solitude.

Aurai-je le courage d'extraire de ce nom ce qui est en moi et me fait si mal ? Autour du nom se découpe un territoire. Avec gouffres, rivage crevé de grottes, tumuli, rivières souterraines. On verra bien.

4 novembre 198.

Ramé toute la nuit sur le lough. Ouvert ces eaux lourdes, épaisses, ces eaux qui usent mes forces. Il me faut occuper mes mains. Ramer, au lieu d'écrire, pour épuiser ce surgeon de vie coriace, ouvrir les eaux, les tourbes, la mort noire, *calomniée*, des grands lacs d'Irlande.

L'atelier m'attend sur la rive.

*

Échoué dans mon trésor. Mes beaux anges dorés, mes flambeaux, mes croix et mes grands reliquaires. Bonheur sous ces paumes, ces courbes de linge d'or, ces calices et ces ailes. Généalogie de mes anges, apatrides comme moi. Nul rituel ici, nulle messe.

Personne pour écrire ces gestes, apaiser cette faim. Le lieu du sacrifice. Le seuil d'une délivrance. Ici, je rêve à Barbey, à la Croix-Jugan, le Chouan défiguré de *L'ensorcelée* qui envoûta mon enfance.

XXII

— Y a-t-il au bout de tous ces mots une perspective de rachat ?

Ainsi m'interrogeait Thomas Daigre au seuil de notre huitième entretien. La remarque me surprit :

— Oui, dit-il, il me semble bien qu'à l'origine de votre projet, il y avait le désir secret de me racheter. De lever ma proscription, de me réintégrer à la littérature française. C'était votre désir quand vous êtes arrivé. Je crois avoir déçu vos efforts. Plus je vous vois, plus je me dis que vous n'y croyez plus. Vous avez mesuré à quel point je me fiche de la France, à quel point je me moque de la reconnaissance de mes semblables. Ce n'est pas maintenant qu'il faut rentrer. Quand vous avez republié ma trilogie, c'était déjà trop tard. Vers 63, au moment où l'on publiait le *Van Gogh* de Brieu, j'avais peut-être une chance à prendre. Je ne l'ai pas saisie...

» ... Ou vous êtes venu ici pour vous, ou vous êtes venu pour moi. Je ne vois pas d'autre pôle à l'alternative. Vous ne m'avez jamais dit que j'étais un grand écrivain... Vous ne m'avez jamais parlé en bien de mes livres... j'ai dû vous décevoir... Tout ce déballage, toute cette impudeur... Oui, on pourrait arrêter là, mais nous formons déjà un vieux couple, nous avons nos habitudes, et j'ai sans doute plus besoin de vous que vous n'en avez de moi.

» ... Ce qui me fascine, mon ami, c'est que nos entretiens n'auront servi à rien... À rien... Je ne vois vraiment pas ce que vous pouvez en tirer et qui serait susceptible de me *racheter*... On ne rachète pas un esthète, on ne réintègre pas à la littérature quelqu'un qui a toujours été sur la lisière. Tous vos efforts auront été vains... Je suis, sur ce point, irréductible... Je suis foncièrement apatride... Je ne jugerai même pas la dérive de cette civilisation, qui, me semble-t-il, prend la voie de la faillite américaine... Je suis en dehors, je me débats dans un nœud de hantises qui n'a rien à voir avec cela... Comment me jugez-vous ?

Je répondis que ni le jugement, ni le rachat n'entraient dans mon projet.

— Totalement scandaleux et amoral, je l'espère. Vous ne voulez même pas me soumettre au feu de mes valeurs. Seule ordalie envisageable. Douleur et force de l'esthète qui ne peut être jugé qu'à l'aune de ses valeurs. Eh bien, moi, je me juge négativement. Tout est échec. Words, words, words... Rien d'autre... Je n'ai adhéré à rien... Rien qui fût glorieux, tangible, rien qui entrât dans le consentement de la multitude... Pédagogiquement improductif, artistiquement, économiquement improductif... Toute la part d'absence de la Création, je l'ai reçue et je n'ai cessé de la fouiller... J'ai semé le désastre et la mort... Il aurait fallu quelque chose qui me déportât de mon chaos, une activité sociale, mais le chaos était plus fort que tout… C'est le chaos qui tue le prêtre en moi la nuit de la fuite, c'est le chaos qui dissémine ma phrase, c'est le chaos de l'Histoire qui m'écarte de mon pays et de ma langue… Les gestes du prêtre eussent été vides, je peux maintenant dire que ceux de l'écrivain l'auront été tout autant… Tout ce que j'ai fait a été comédie, vain simulacre… Seule épiphanie, la naissance de Florence, qui me dépossède de l'art…

» … Mes valeurs sont exigeantes, et en même temps elles constituent une herse qui n'en finit pas de me disséquer. J'observe, cliniquement, les signes de mon gouffre. Ce n'est que cela mon journal, une recension au jour le jour de mes manquements, de mes absences… J'envie ceux qui investissent le champ de la vie, ceux qui adhèrent à ce qu'ils font, oui j'envie ceux qui arrivent à se laisser griser par la vie, ceux qui se fondent à son tumulte. Je n'ai jamais eu cette force. D'emblée, les jeux étaient pipés. Toute psychanalyse serait vaine. Ce n'est pas ma mère, mon père, ma tribu d'origine qu'il faut incriminer… Les choses sont plus profondes, plus radicales… J'étais désigné pour porter cette absence, j'étais voué à la rive et au chaos…

» … Si j'étais sincère, je vous dirais toutefois que moi aussi j'ai accueilli votre venue comme le signe d'une possible délivrance… J'ai rêvé deux ou trois fois de Paris, de plateaux de télévision où l'on me montrerait comme une curiosité et où je me confesserais… J'y ai cru, et très vite cela s'est effacé, j'ai compris que vous ne faisiez que consolider les serrures du donjon, que vous me désigniez un chemin, qui allait de l'origine à l'Irlande, et était pavé de mes crises, de mes deuils, de mes fractures...

» ... Je suis seul, ici... Je devine une voie qui me relie à la Bretagne, par-delà les eaux, une route engloutie, chenal d'Is et des citadelles océanes... C'est un chemin, le long cortège de mes réminiscences qui sont, d'ailleurs, aussi blanches et vides que mon consentement à l'instant.. Je suis en dessous, je suis à côté, je glisse entouré des corps que j'ai possédés — grand mot ! —, des visages que j'ai aimés, auxquels j'ai cru... Diversions, instants de jouissance qui me replongeaient plus durement dans la nostalgie et dans la mort... Et il y a cette vie que je n'arrive pas à tuer, cette vie qui sourd, étrange énergie qui m'inonde parfois, il me faut dompter, nier ce surgissement vital, ces arborescences vives. Je me fige dans l'atelier, je m'enferme dans le donjon, je rame ou j'écris. Je dois être fait pour les rites. J'aime bien hanter le grand temps, l'envers du monde, des zones qui ne soient plus pour les hommes, pour leur bestialité... Mon impuissance et ma soumission s'atténuent. J'habite une autre dimension, qui transcende la fracture, la fraction des jours... Le cercle clos du rituel... Le cercle clos de nos entretiens, de ma parole insulaire, de ma volubilité d'ivrogne.

» ... Rien ne lèvera jamais ma proscription... Plus définitive que celle de Brieu ou de Frédéric. La collaboration de Brieu était minable. J'étais le secrétaire d'un minable. *Dedalus*, la société secrète qu'avait fondée Frédéric, était une loge pédérastique dont l'activité consistait à fournir aux Allemands des éphèbes français... J'étais proscrit dès le début, avant toute cette lugubre comédie... Je ne suis pas rachetable... Vous allez devoir jeter vos notes dans le lough... Toute cristallisation qui se formerait en France autour de mon nom sent déjà le soufre ou la récupération... Ils ne peuvent pas entendre les valeurs poétiques qui ont été les miennes... Ils ne peuvent pas... La cristallisation sera sulfureuse, fallacieuse... Aurez-vous, seulement, le courage de ne rien dire, de taire ces entretiens, de taire le nom de Thomas Daigre... À défaut de le racheter, le nier, le renvoyer à son néant... Je ne vous demande pas d'oublier ces jours, ces rencontres, mais je vous demande de n'en rien dire, de n'en rien laisser paraître... Plomber le donjon... À moins que plus tard, vous n'en fassiez un livre, mais jamais comme un matériau brut, une rhapsodie où la parole du monde dépasserait le chaos de l'aigle...

L'orage avait éclaté. Des éclairs épars zébraient le ciel tout le temps que parlait Thomas Daigre. Les lueurs de l'orage verdissaient la muraille, dans le trésor les ailes et les candélabres des anges étaient en feu. J'entrai dans ce brasier de formes pures : l'éclair fendait l'écrin des reliques, des éclats s'accrochaient aux dalmatiques, aux pierreries. À l'extérieur, je trouvai un lac en folie. La route sinueuse qui menait au château n'était plus qu'une ligne incertaine sous des mètres d'eau. L'orage brûlait à la surface du lough. Des épées lumineuses fracturaient les montagnes. Je me hasardai malgré tout sur la route. Dans le roulement du tonnerre et le brassage des eaux. M'obsédait cette ligne lumineuse à la surface du lac, succession de torches à éclipse qui dérivaient, et que les flots tumultueux dressaient jusque sur leur crête. J'avançais dans une marée boueuse, cerné de feux, de milliers de candélabres qu'exhibaient les vagues. L'ampleur et la vitesse des éclairs ne cessaient de croître. J'aurais voulu fuir jusqu'à la côte, jusqu'aux grèves lissées d'écume. J'aurais voulu revivre l'entretien, repasser par les méandres de cette parole si hautaine et si désespérée : l'orage m'en empêchait. Je ne reconnaissais plus la route. J'aurais déjà dû être à la station balnéaire. Des colonnes fulgurantes trouaient les sapinières. Le gibier tournoyait sur la route. Je ne savais vraiment plus où j'étais, en aval de Lonveigh sans doute, mais loin, très loin de mon hôtel. Les loughs débordaient. Et l'orage courait sur leurs remous, dentelle sûre, broche de signes brûlants. Il fallait quitter cette géométrie délirante, où les éléments et la furie de l'aigle se liguaient. Paquets de mer, torrents, branches arrachées, milliers de feuilles et d'épines volantes. J'étais à bout, la colère me gagnait ; dans les eaux, les éclairs, les flots de matière, la menace de la foudre, je rêvais d'un grand donjon calciné.

XXIII

Je regarde des photos de Thomas Daigre, une liasse entière, photos de jeunesse en Bretagne, et me frappe le regard sombre, absent, ces deux cratères noirs qui dévorent le visage, yeux de jais, profondément enfoncés. Le visage a quelque chose de lisse, de gracile que brise le regard, inquiet déjà, requis par on ne sait quelle obsession, brûlé par l'angoisse. Thomas Daigre est perdu, en retrait, nul acquiescement au monde sur ces photos où on le voit pourtant jouer au tennis, régater, accompagné de filles, bourgeoisie vertueuse et racée. Il est là, à distance, dans le cercle d'une fête, un bal masqué sans doute, crinolines, robes lamées, chapeaux haut de forme et fracs, il se tient à l'écart du cercle des danseurs, comme s'il lui coûtait de poser, *d'être là*, au cœur de l'euphorie bruyante. Une autre photographie le montre dans la neige, immobilisé sur ce qui doit être le perron de la maison familiale, en arrêt, comme ébloui par la poudreuse et le soleil : beau regard d'effroi. C'est Florence qui a volé cette liasse, je la consulte avec ravissement, et s'il n'y a rien de l'époque italienne, je trouve le professeur américain, entouré d'étudiants, dans de splendides parcs ombragés, doctoral, halluciné, au bureau — parle-t-il de Brieu ? —, peu de notes, quelques livres ouverts, la crinière est bien lissée, ramenée à l'arrière. Ici, tournée de conférences, Harvard, Cambridge, toge noire, un intérieur soudain, bourré de livres, de piles de documents, ce doit être l'appartement de Boston, Thomas Daigre surgit du désordre, seul, l'œil inquiet, fixe. Plus on avance dans la liasse, moins on rencontre de photos d'extérieur ou en société, parcs des universités, bibliothèques désertes, bureaux ascétiques. Une annotation au dos de celle-ci : Amsterdam 1980. C'est l'année de la retraite. Thomas Daigre marche le long d'un canal, grand, voûté, il porte un imperméable blanc. Il y a d'autres souvenirs de voyages, Mexique, Venise et Rome, le Japon dans l'enceinte de temples clairs, Tolède. C'est un jardin, ce pourrait être les Tuileries ou le Luxembourg, Thomas Daigre est figé sur une modeste chaise de fer, et patinent derrière lui deux fillettes noires, saisies dans la contraction de l'élan. Au dos, une indication : Florence, 1984.

Un détail m'alerte : ce sont toujours des photos en noir et blanc. Pas de couleurs dans cet album austère. Les dernières datent de 1987. C'est Lonveigh, ou plutôt le parc, Thomas Daigre est assis à l'entrée du labyrinthe, il marche dans la direction du ponton — le cliché porte la marque d'un laboratoire américain —, le voici dans le donjon, à son pupitre, de profil, nez aquilin, le cheveu rare, ce doit être l'hiver, la cellule est très blanche, les contrastes plus vifs.

Je tourne et retourne ces photos. Visages statiques, composés, ascèse froide, cultivée depuis l'enfance. L'aigle de Lonveigh. On dirait que la naissance de chaque ride, l'entaille, les scarifications du masque sont voulues, qu'une exigence intérieure les suscite. Ce visage est un texte, avec ses blessures, ses blancs, ses crispations, ses rages. Prunelle fixe, incendie blanc. C'est une *figure*, un centre, la géométrie silencieuse d'un secret. Et pourtant, ce n'est pas le visage du parleur nocturne du donjon.

XXIV

Le rythme des entretiens s'intensifiait. J'étais au donjon presque toutes les nuits. La parole de Thomas Daigre se libérait dans une dangereuse urgence. Quand j'arrivais, il était déjà ivre, ou terrassé par la douleur. Le pupitre était couvert de papiers en désordre, esquisses, annotations diverses, feuillets anciens, journal en cours. Thomas Daigre avait le visage blême, l'œil absent. Il ne m'accueillait même plus, j'entrais dans le donjon, et j'étais témoin d'un discours monologué qu'il tenait peut-être depuis des heures. Rien n'arrêterait cette parole torrentielle. Le passé revenait, à coups de longues vagues ressassantes, Florence, le jardin des Nervari, Luigi, les peintures de l'Angelico, Rennes, le grand jardin du Thabor, les réunions secrètes rue Hoche, la lecture de Genet, le bagne de Sodome. Cherchait-il une ligne de force dans ce désordre ? Il ne me voyait plus. Il semblait condamné à filer la réminiscence. Il y eut ainsi plusieurs nuits qui engloutirent le neuvième et le dixième entretien, sans objet précis, sans thème choisi. Il fallait se souvenir pour se donner l'illusion de vivre encore. Et il semblait vital de parler, d'évoquer des images, des visages, des corps de femmes et de garçons pour combler le vide du donjon et de ma présence. J'étais impuissant, je ne pouvais qu'écouter, tenu en haleine, il me semblait que la parole passait parfois par des gouffres, de noirs tunnels où le sens s'égarait, puis un nom, le souvenir d'un instant précis lui redonnaient une soudaine cohérence.

J'écoutais, je servais à boire, j'étais le servant muet de cette liturgie du mot. Et le corps minéralisé de Thomas Daigre — par le froid, par l'ivresse — éprouvait un reste de jouissance au passage des mots, comme s'il eût encore fallu user du langage, s'user dans ce flot ininterrompu, car ce n'étaient plus les corps qui comptaient, les éphèbes vertigineux, les étudiantes conquises, c'étaient les noms, la pulsation d'une phrase torturée, impossible à canaliser. Je voyais maintenant comment avait fonctionné cette machine qui m'avait tant séduit, les points d'aimantation, les nœuds à partir desquels la parole divergeait. S'user à ramer ou s'user à dire. Les mains de Thomas Daigre étaient crispées sur les accoudoirs de la cathèdre, fermées sur de minuscules têtes de dragon : il faisait de plus en plus froid.

Écoutais-je encore ? Je me laissais bercer par cette voix, les intonations — bretonnes, italiennes, américaines selon l'instant — chamarraient le discours, la polyphonie de la mémoire. J'avais perdu tout repère. J'aspirais secrètement à ce que tout cela finît. Je démêlais mal mes sentiments, j'étais insomniaque, blessé, je devais être déçu mais je ne le savais pas vraiment. La haine de Thomas Daigre éclatait parfois, il vitupérait sa mère, l'éducation étouffante qu'il avait reçue, le laxisme ambiant. Il n'était plus à une contradiction près.

Ce qui m'enchantait encore, c'était de parcourir le territoire que dessinait cette voix, dans ses modulations, ses élans. Un territoire émietté, fait de continents perdus, de landes saccagées, de volcans et de villes englouties. Cet itinéraire — la lecture approfondie du journal conforterait l'impression — était unique, compliqué ; il tissait une ligne que Thomas Daigre avait lui-même pressentie dans l'un de nos entretiens, de la Bretagne à l'Irlande. Et la voix n'en finissait pas de retracer ces parcours, de cheminer par les souterrains et les caches. Sans doute fallait-il l'altitude de Lonveigh pour découvrir la multitude de cellules, de puits secrets qui truffaient le territoire. Chaos de la forêt natale, cellule de l'abbaye, chambre vitrée du presbytère Santo Spirito, bureau clandestin de Brieu... La parole de Thomas Daigre passait et repassait par ces anneaux, ces bogues crépitantes. Elle s'arrêtait parfois, coupable, elle avait omis une précision, tu un aveu supplémentaire. Oui, il avait participé aux orgies et au trafic de *Dedalus ;* oui, il n'avait jamais aimé Susan. L'identité se composait au prix de ces retours, de ces aveux distillés, le territoire de Thomas Daigre charriait des flots de mensonges souterrains, calcaire criblé d'une multitude de cours résurgents. Ce qui arrivait là maintenant, la parole consciente l'avait posé au premier, au troisième entretien peut-être, quand, sûre d'elle, dominant encore ses manigances, elle traçait un parcours *avouable*.

Jusqu'où irait-il ainsi ? Je le regardais, tendu, malade, terrassant de vieux dragons qui fourmillaient sous ses pas. Car cet itinéraire était marqué par la tentation, l'écart, le pacte avec la nuit — la transgression. Ces nuits, Thomas Daigre éprouvait ses limites, comme il l'avait souvent fait. Dès l'enfance sans doute, lorsqu'il se terrait dans le chaos, plus tard dans le lit de l'ange Luigi, à New York, seul, rideaux fermés. La cellule de Lonveigh venait au bout de toutes ces chambres d'ombre où reposaient les corps, ces cadavres nommés, énumérés — les grands-parents, la mère, tel étudiant suicidé —, c'était l'ultime cellule, celle-là même où il était enfin loisible de se souvenir.

Je ne savais plus où j'étais. Au fond de quelle cave, de quelle cache ? Loges profondes du chaos, cryptes florentines inondées par l'Arno et où se liquéfiaient d'admirables crucifixions, abri de Brieu peuplé de chats maléfiques, underground new-yorkais, mystérieuses rencontres dans les catacombes romaines, caches d'armes, repaires des terroristes nord-irlandais. Le territoire, dont la voix avait délimité les contours, s'enfonçait peu à peu, il se dissociait en une succession de puits, de gouffres morbides. Thomas Daigre riait de s'engloutir ainsi, heureux de cette profondeur retrouvée, de ces bas-fonds nécessaires.

Je sortais dans le gel du parc. Je marchais vers le labyrinthe. J'avais revu en descendant les anges, les baldaquins, les reliquaires et les autels, et j'avais la certitude que Thomas Daigre les avait pillés pour se recomposer un peu de sa Bretagne baroque. Je le savais pillard et terroriste, décidé à détruire, à tout détruire, à me détruire.

Le froid renforçait l'ordonnance rituelle du parc. Les statues sombres dressaient leurs masses noueuses sur un lit de givre. Le sol craquait, épines, brindilles, feuilles macérées, gravier gelé. Une pellicule de gel couvrait le grand bassin. Là-bas, le donjon était toujours éclairé. La veilleuse s'éteindrait avec le soliloque. Il y avait dans l'air comme une annonce de neige. Il allait être temps de sacrifier Angus.

XXV

CARNETS D'IRLANDE
(suite)

5 novembre 198.

Repassé par toutes mes chambres nocturnes. New York, longue dépression. La mort du désir. Je ne convoite rien. Tapi dans ma chambre, appartement vide. J'écoute la rumeur de la ville, irréelle. Barbituriques à portée de main. J'aurais dû me détruire.

6 novembre 198.

J'ai décidé de tenir ce journal régulièrement, de tout fixer. Reçu, ce matin, une lettre de ce vieil ami qui m'attend pour Noël à Venise. J'ai répondu, par politesse, par amitié aussi. Je ne sais plus ce que je lui ai dit. Toujours est-il que je doute de plus en plus de l'opportunité de ce voyage.

8 novembre 198.

Décembre 1936. Dix-sept ans. Je marche dans une rue de Brest, rue tortueuse qui descend vers le port. Soudain une ombre, une ombre qui traverse la rue devant moi, me calcine. Je me souviens parfaitement de ce passage. La mort ? À compter de cet instant, je n'ai plus cru à rien. La comédie commence. J'endosse mon rôle. 8 novembre : je retrouve la comète noire.

Douze entretiens ? Arrête avant. Séduction de l'*impair*.

9 novembre 198.

Descendu ce matin dans l'atelier vide de Florence. Tout est parti. Elle est actuellement à Dublin. Je me couche sur le parquet, à l'endroit où elle me faisait poser. Je dérive. Hauts lieux d'Irlande : Dingle, le Buren, Clonmacnoise, la Chaussée des Géants. Je les sens proches, comme je sens proche la multitude des corps que j'ai désirés et que je voudrais peindre. Retrouver ces hanches, ces seins, ces pubis et ces adolescents au sexe bandé. Peindre l'androgynie.

Ils se mêlent, se confondent. Susan et Luigi. Et tous les autres qui ont dévasté ma vie. Mille brèches du désir. Chevelures, bouches, longs pieds osseux. Ils sont dans ma nostalgie, derrière la vitre.

10 novembre 198.

Le cimetière. Longuement marché dans le cimetière. Tombes dans l'herbe, stèles modestes. Fleurs artificielles contenues dans d'affreuses bonbonnières de plastique. Les propriétaires de Lonveigh — lointains ascendants de Susan — ont droit à une minuscule chapelle. Une chose me frappe : le corps à corps des sépultures avec le lough.

12 novembre 198.

Parlé deux nuits durant : 9, 10. Il ne s'agit plus d'*entretiens*, mais d'un monologue : de l'écriture à voix haute. Il fut un temps où j'étais plus secret. Je n'ai plus aucune pudeur. Plongé dans l'*underground*, mes cellules, les caves de Santo Spirito : les soutes du Paraclet ! Le versant noir du souffle.

Cette sensation de mort épuisée, m'est revenu ce mot de Brieu à la toute fin : « Tu es mon ombre. » Je médite ce mot. L'ombre de sa plume, ombre de ce grand soleil damné. Ombre orpheline.

14 novembre 198.

Suis allé boire au pub pour voir comment on m'y accueillerait. Défiance. Ici, encore, je suis l'étranger, pour ces pêcheurs le seigneur de Lonveigh. Ces hommes venaient d'enterrer un des leurs. Je me suis mêlé à eux, malgré leur réticence : je tenais à arroser avec eux cette *délivrance*.

Au retour du pub, passé des heures à tenter de dessiner l'Androgyne. C., L., T., S. Échec.

15 novembre 198.

Au réveil, la neige. Éblouissement. Ma voix ne porte plus soudain. Lignes molles, grand suaire d'Irlande. Et parmi les flocons, les signes du labyrinthe, les dépouilles des statues, les branches gainées de cristaux et l'étrave saillante de l'atelier. L'extase me relie à cet éclat, ce feu sourd sous la neige.

17 novembre 198.

Passé trois jours d'hébétude. Trois jours à ruminer ma mort prochaine. J'avais désinvesti la vie, désinvesti le monde. Je n'habitais plus que les franges noires du lough, quelques lignes de crête soulignées d'un cerne de sapins durs, cette lumière acide qui éclabousse mon donjon. Le chaos et le gouffre. À côté. TRAHI.

À dix-sept ans, j'étais déjà malade des abîmes de la mort.

*

HOR

à...

Aussi loin que porte mon regard, il rencontre la ligne étale du fleuve, ses berges souples, ses prairies de roseaux. C'est un flux continu qui se déroule en longs méandres, l'eau et les prairies se mêlent, je discerne mal la rive indécise. Des heures durant, à la lumière du fleuve, des averses qui bouillonnent dans son lit, je recopie mes grimoires. C'est un travail patient, appliqué, qui exige une intense concentration, des gestes rapides et déliés. Dessous, dans la tour, j'entends graviter les pénitents. La machine roule leurs corps, les immerge dans les soutes, puis les hisse, avant de les laisser tomber à nouveau. S'élèvent des plaintes, rauques, des cris de femmes et d'enfants aussi. Seul dans ma tour, au-dessus de cette clameur, je tiens le Livre. Trois tâches me requièrent : l'observation de l'horizon, au cas où je devrais donner l'alerte, la traduction du grimoire — c'est un vieux texte constellé de blancs et d'erreurs, et il me faut sans cesse broder dans l'intervalle — et la surveillance des damnés qui tournent dans le fût de la tour. J'ai traversé le monde avant d'arriver ici. Europe dévastée, lapidifiée, gigantesques villes-cratères, brûlots de souffrance. Ma cape porte le sang des mouroirs, le suint des villes maudites. J'ai froid, il flotte dans ma cellule un air mouillé qui réveille d'interminables douleurs osseuses, mes gestes se ralentissent, l'encre glacée a peine à s'écouler sous la plume. Et ils roulent toujours, la potence grince, des corps se détachent de l'arbre, s'enfoncent dans le fleuve. À cet instant je dois noter, aussi étrange que cela puisse paraître, ces chutes dans le texte, je dois ouvrir la traduction à cet accident nocturne, indiquer l'heure approximative, le nombre de captifs perdus. Je ne les vois pas, le sol de ma cellule est totalement hermétique, seul l'axe de la roue s'encastre dans le parquet mais l'alvéole est trop mince pour que je devine le fourmillement de la colonie. J'évalue approximativement l'ampleur des pertes.

La nuit, à la lueur des étoiles qui tracent sur le fleuve comme des armoiries de vitraux, je continue ma tâche. Le texte — obscur grimoire du Xe siècle — se charge soudain d'ombres, de brasiers infernaux, de tombes où pullulent les vers, et d'ossuaires. Des corps se liquéfient, et sous ma plume se dessine le rinceau net des squelettes. Le fleuve roule toujours. Et la machine aussi, qui ne connaît pas de pause. Des brèches s'ouvrent, des fragments d'Évangile apocryphe meublent les blancs de la narration du récitant, des corps tournent et se fracassent. Je ne sais s'il s'agit de la Bretagne ou de l'Irlande, des nefs passent la mer, l'Ankou rôde, canines et faux acérées, ce sont aussi landes brûlées, ornières, marques incertaines, menaces, sortilèges et cités englouties. Il me semble entendre tomber ces villes, il me semble reconnaître le bélier des vagues qui enfonce leurs portes — et ce n'est peut-être qu'une nouvelle grappe que vient de perdre la roue saccageuse.

Je dois être moine, ou quelque chose comme cela. Mon état, mon habit me lient à l'Église dont je n'ai jamais aimé que les sectes, les frontières frondeuses. Trop errant pour appartenir à un corps, trop irréductible pour recevoir et appliquer des ordres. Et pourtant, que fais-je là, maintenant, sinon appliquer le Décret, en exerçant cette triple veille qui m'use ? Ma raison bute contre des lambeaux du texte, obscurs fragments qu'il faudrait peut-être évacuer et que je conserve, bien que je n'en saisisse que des bribes ; le texte lui-même se défait, c'est un lacis de boucles — comme le fleuve avec sa chamarrure d'algues et d'étoiles.

Chaque matin, la machine est réalimentée, de nouveaux suppliciés ont été enchaînés dans les soutes de la tour ; ce sont, par exemple, à cet instant précis, des cris plus jeunes, des chairs vives encore. Que jette-t-on sur eux ? Des pelletées de neige ou de chaux, un grand blanc a couvert le paysage, des caravanes d'oiseaux égarés tracent de longs sillages qui se brisent sur le fleuve gelé ; le travail des eaux doit continuer, en profondeur, sous la croûte cuirassée. Il m'avait été dit, quand j'ai pris ces fonctions, que le texte fini, la surveillance de la colonie fluviale épuisée, je pourrais partir. De nouveaux rouleaux m'arrivent chaque jour, au rythme des provisions de captifs ; le territoire gelé, strié de grandes raies de lumière grise et de vent cinglant, me désespère. Nul signe, nulle arrivée possible sur cet océan de glace dans lequel s'est échouée la tour. Avec son vaisseau de marins hurlants, corps taraudés, disséqués vivants par la vis gelée. Et c'est ce que me dit le grimoire, dans ses fractures, ses cratères ; son épopée tâtonnante relate le supplice que j'endure, on croirait le miroir de ma souffrance. L'arbre de la vis ou le froid pénétreraient-ils mon corps à leur tour ? Ma vue baisse. Et les cris qui traversent le paysage glacé ont une acuité plus forte encore.

Traducteur. D'un grimoire mouvant, masse sonore, fluctuante, qui se déchire et se recompose, plus infernale encore. Les enluminures et signes que je trace sont ces cris, ces givres bleutés, ces croûtes fendues du fleuve, et l'arbre, et le rythme m'enlacent et m'oppressent. Je crois deviner des voiles, tatouées de Christs renversés et de brasiers barbares, de mains sanglantes et de reliques profanées, des proues hideuses, hérissées de potences, et ce n'est que l'intérieur de la tour, la vis des soutes qui s'éclaire soudain dans le triangle des lettrines. L'estuaire est sous moi, envahi de barbares et de profanateurs qui escaladent les murailles, piétinent les cadavres. L'arbre s'est ralenti, le gel doit paralyser la machinerie ; la sueur, le sang, les lymphes et les humeurs des corps se sont solidifiés en polyèdres scintillants, orfèvrerie nouvelle qui fige les herses et les engrenages. Et le froid m'atteint. Il y a d'un côté ma conscience obscurcie, de l'autre ma main, mécanique, qui dessine quelques signes, quelques hampes d'ossuaire, voilà ce qu'il reste de moi, du moine Hor, un noyau de ténèbre et une main cahoteuse, à chaque extrémité de la tour, finir, en finir.

XXVI

Thomas Daigre venait de me lire ces pages. Le silence retombait dans le donjon. De Lonveigh ou de la colonie fluviale, on ne savait trop. Il revint s'asseoir dans la cathèdre.

— Je suis mieux, soudain. Étrange rémission. Comme si le mal s'était calmé. Le simple fait de l'expulser dans ces fragments peut-être. Brusquement je plane au-dessus du paysage, au-dessus de tout. Comme saint Augustin dans sa scuola entourée d'eaux lagunaires, comme le moine Hor. Dernière production de mes songeries surréalistes. Je vous ai dédié ce texte, mon ami. Parce que c'est le surréaliste Daigre que vous aimez, que c'est de cela que vous veniez me parler, et qu'il me paraît que Hor est l'ultime résurgence de *La transparence de l'or*... C'est vous qui m'avez dit, je crois, qu'un universitaire me qualifiait de dernier surréaliste breton... Eh bien, voilà les dernières productions du surréaliste... Vous veniez à Lonveigh me parler de mes premiers livres... Je les croyais morts... Et grâce à vous, j'aurai compris qu'ils n'avaient cessé de vivre en moi, qu'ils étaient là, songes ardents, fourmillant encore, et que leur filiation n'en finissait pas d'encombrer ma vie... Je ne peux pas m'empêcher de vous en vouloir d'avoir rouvert ces failles... Je vous en veux farouchement... Avec la sauvagerie des Daigre... Et ces textes, et ces entretiens sont peu à côté de ce que j'aurai été, de ce que j'aurai vécu... Me fascine l'unité que vous allez y instaurer, l'unité que vous allez dessiner quand je ne serai plus... Vous êtes nécrophage... Un peu sadique... À la lisière de la forêt, en Bretagne, il y avait d'immenses champs labourés, aux emblavures humides... C'est l'image que me donne aujourd'hui ma mémoire... Remuée, percée, travaillée de tous bords, en proie à l'éruption et au séisme...

» ... Vous avez deux fois gagné... En cassant tout d'abord l'image de l'aigle impassible, de solitaire du donjon que je m'étais forgée... Ensuite, en me montrant que mes livres n'étaient pas des déjections mortes, mais que, par tout un jeu de ramifications, ils plongeaient en moi, ils étaient moi... Je vous ai entraîné et suivi dans mes dédales... J'ai remonté tous les cercles de ma nuit... J'ai dit les noms de la tribu, leurs masses grondantes... J'ai erré, quelque part, du côté de l'Aulne et de l'Elorn, à la confluence des noms... Vous m'avez détruit et j'ai pris plaisir à cette destruction... Je m'en suis remis à mon biographe ! — à cet instant il explosa de rire comme il l'avait fait les nuits d'ivresse. Je vous souhaite bien du plaisir pour rentoiler tout cela, réunir cette profusion éclatée... Je serais vous, j'attaquerais de biais, par les lisières ou par les rives... Mon territoire natal ne se saisit qu'ainsi...

» ... Je vous ai beaucoup haï les dernières nuits.

Les plus extrêmes, les plus atroces. La crise peut revenir. Elle est toujours imminente. Je suis un grand malade… Vous le savez… Étrange partie que celle que nous avons jouée, que nous jouons encore… Qui l'a menée ? Moi sans doute, un instant. Puis je me suis dessaisi, je vous ai laissé faire, Sam le majordome aussi… Je vous ai suivi, je vous ai épié… J'ai cru souvent que vous alliez rompre, que vous alliez tout casser… J'attendais une lettre m'annonçant votre départ… Quelle persistance ! Quelle obstination ! Chaque fois vous reveniez à l'attaque, creusé, érodé par le paysage, buriné par vos liturgies élémentaires… J'ai bien fait de vous dédier le moine Hor…

» … Vous m'avez tout pris… Que me reste-t-il ? Même pas Lonveigh que vous avez rendu inhabitable. Il y a des souvenirs partout dans cette maison, il me semble que j'en vois aussi jusque dans les lignes des tourbières ou sur les cartes du pavillon de chasse… Oui vous m'avez tout pris et je vous soupçonne d'avoir pris plus encore… Dans quelques jours vous allez partir… Nous aurons eu notre douzième entretien… Je vous prédis beaucoup de difficultés lorsqu'il s'agira de reprendre une vie normale… Cela me fait toujours la même chose lorsque je quitte Lonveigh… Et si vous aviez laissé de vous dans cette affaire ? Vous me le direz… Un grand froid me gagne depuis quelques jours… Je suis perclus de douleurs… Milliers d'aiguilles sous la peau, douleurs dans les os… Je dois être bouffé… Par un cancer proliférant, un mal inexorable… Celui qui rongeait Brieu à la fin, celui qui rongeait Frédéric… Celui qui me ronge, sans l'appui, sans la résonance de l'épopée, parce qu'il n'y a plus d'Histoire... L'atonie, le vide, l'accomplissement matériel... Vous allez rentrer en France, vous allez plonger dans le vide... Rien... De petites choses, de basses idées... C'est peut-être mieux, d'une certaine manière... J'ai cessé de vivre très jeune. Vivre, ce que j'appelle vivre, en y mettant l'influx, le frisson nécessaire... Cette électricité, cette ardeur qui vous empoigne... Je suis retombé sur la rive, dans les chambres de la mémoire... Nos entretiens m'auront renvoyé une image que je rejetais, contre laquelle je n'ai cessé de me battre, et qui s'est imposée enfin : celle du malade envahi par le cancer de ses souvenirs. On lutte contre la maladie, on s'acharne à endiguer le mal, puis vient un moment où on se laisse aller au déferlement du mal... Ce moment a correspondu avec votre arrivée... Je me suis laissé aller en me donnant l'illusion de mener le jeu...

Thomas Daigre marchait, il ne s'arrêtait plus, il faisait et refaisait le tour de la cathèdre :

— Vous avez toutes les cartes en main à présent. Toutes. Tous les visages auxquels j'ai cru, et tous les miens. Je ne les avais vraiment jamais livrés. Vieille pudeur celte. Même aux plus mauvais moments, à New York, après la mort de ma mère... Susan me recommandait les plus grands psychiatres. Je voulais faire le travail moi-même... Je voulais cheminer dans ma malédiction jusqu'au bout... Il doit y avoir quelque chose comme trente années décisives dans la vie d'un homme... Les trente premières... J'avais tout connu... La célébrité littéraire, la guerre, la complicité des grands, la proscription, la fuite, la beauté et la dualité nécessaire du désir... J'avais connu l'extase et sa douve, les viscosités du jusant... C'était ce que je voulais vous dire... J'avais été modelé par ma Bretagne, par ce Finistère cisaillé de terre et d'eaux, de rivières marines... J'étais le fils de ces osmoses, de ces indécisions du territoire... Je n'en ai plus besoin, il est figé, illuminé dans ma mémoire... Une de mes rares certitudes, avec la conviction de ma proscription et mon amour pour Florence... C'est elle qui va continuer l'œuvre, elle qui va continuer à dessiner le territoire...

» ... J'ai fait un rêve la nuit dernière, un rêve dont j'ai conservé un souvenir intact... Je revenais dans mon village, en train, en provenance de Quimper — c'est exactement le voyage que j'avais fait après la mort de Brieu... Je n'étais accompagné ni de Susan, ni de Florence, mais d'un adolescent qui aurait pu être Luigi... Nous avons passé le tunnel ferroviaire qui ouvre le territoire... Le wagon était rempli de soldats, capotes terreuses, yeux fatigués... Ce devait être toujours la guerre... La forêt, je revois précisément la forêt, et une succession de flashes qui scandèrent le rêve : la maison où régnait ma mère, l'église comme inondée, le pont incertain, à peine dessiné sur l'énorme masse d'eaux qui avait envahi le port, et l'adolescent me menait dans la forêt, jusqu'au chaos, c'était lui qui connaissait l'itinéraire, à cet instant les choses se mêlent, il y a des intérieurs d'églises, colonnes torses des retables baroques, le cercueil de verre du gisant, des vitraux noués de branches et comme engloutis dans les cryptes de la forêt, et les roches, les pierres roulées du chaos sur lesquelles je vois mon guide tracer très lentement les lettres de mon nom, les inciser dans la mousse, THOMAS DAIGRE, et mes dates : 1919-... Je me suis réveillé en hurlant... J'ai voulu sombrer à nouveau, finir le rêve... Je ne savais plus dormir...

Il s'était levé, immense, dur de tout le gel de Lonveigh, aigle cendreux du donjon :

— Je vais partir quelques jours encore. Ce ne sera pas long, je vous le promets. J'ai des choses à voir dans le Nord. Et j'irais bien revoir la Chaussée des Géants, ses colonnes, ses marches. La grande proue du Nord. Il faut de temps en temps que j'aille là-bas. Il y a des armes, des tensions, c'est une poudrière. À chacun ses chimères. À chacun son combat. Et je vous reviendrai, finir le rêve, le douzième...

Pour la première fois, il posait une main chaleureuse sur mon épaule.

XXVII

Je me plais à arpenter les tourbières. Là-bas, au bout du lough, elles commencent, lourdes de leurs macérations, de leurs fosses que dissimule le mince couvert de la lande. J'aime y marcher, je connais l'itinéraire, le chemin dur qui serpente parmi les ravines et les failles. Elles furent exploitées jadis, on trouve encore trace d'excavations que remplissent les ruissellements des collines. La neige n'a pas tenu, sa fonte a ramolli le sol, à tout instant on croit que l'on va rester enlisé sous les ronces et les fougères détrempées. Vécurent là, aux origines, des populations dures, repliées dans l'indentation des lacs, tribus aux couleurs dorées et sanglantes, et qui vénéraient le vent, la mer, le soleil et l'étoile. Leurs corps dorment encore dans l'intime texture des ravines, dans les longs étuis de l'hypogée tourbeux, leurs corps drapés d'un linceul craquelé, avec les bracelets, les colliers, les fibules. Je me retourne : Lonveigh n'est plus visible, mangé par ses jardins, ses saxifrages, ses rocailles. Le lough tend sa cuirasse qui scintille, la route est une ligne incertaine qui se confond avec la rive. À cet endroit, la tourbière est envahie d'arbres qui délimitent des bassins noirs où mûrissent les plantes, les branches, et les restes de frondaison plongeant dans l'eau terreuse.

Flotte une odeur âcre, d'écorces ravinées, d'aubiers putrides. Ce sont là les vraies exhalaisons du lough, les strates de végétaux qui n'en finissent pas de se démolir en coulées fibreuses et noircies. Le taillis est serré, obscur ; il faut se courber, ne jamais perdre de vue l'endroit où l'on pose le pied tant est proche la menace des étangs. Des reptations secouent parfois le couvert, loutres visqueuses qui s'enfoncent dans l'embranchement d'un canal, colonies de rats dont les galeries minent ce qu'il reste de chemin. J'avance toujours, j'aime cette odeur rude, ce damier de terre et de bassins. Il ne suffit pas de les contempler du donjon, d'observer leurs lignes mauves ou brunâtres. Je veux les sentir sous mes pas, éprouver leur adhérence, leur succion vorace. Des armées englouties dorment là. Les peuplades élémentaires, celles qui ne connurent que l'adoration des vents, des embruns, alors que travaillaient encore les glaciations, les sédimentations. Les vrilles de glace foraient l'incurvation des montagnes, des océans de neige déferlaient en houle de pierres vives. Finirai-je là ? Parmi ces humeurs chavirantes, dans je ne sais quelle loge subitement ouverte au plus secret de l'archive tellurique ? Y a-t-il un tombeau d'écorce, une faille bourbeuse pour Thomas Daigre ? J'ai souvent rêvé ces royautés enfouies. Je les rêvais dans le donjon et je croyais entendre la marée traverser le château, les anges, ailes mystérieusement éployées, voguaient sur le flot qui visitait le trésor. Lonveigh, ce faux décor, ce château restauré, refait dans le goût du péplum et de l'épate, n'avait de valeur à mes yeux que replacé dans ce théâtre, sur ses fondations de dragon massacré et de colonies dormantes. J'ai ramé des nuits durant pour appeler ces forces, pour capter un peu du façonnement des mondes. Les yeux fixes des cadavres rutilaient dans les plis de l'eau. Les étoiles couraient dans la grande fracture montagneuse. Je me raccordais enfin à cette énergie aujourd'hui figée en vestiges, en sédiments de tourbe feuilletée. La nuit fluctue. Des portes jalonnent la route sinueuse. Une mémoire, énorme, bouge là, truffée de chambres et de ramifications, labyrinthique et souterraine. Plus grande, plus forte que toute l'énergie que j'ai cru saisir. C'est son appel que je reçois comme je chemine par le cimetière d'aulnes noirs. Il me semble que des pans entiers de route se défont sous mes pas, la voie s'étale, s'enfonce dans le clapotis du marécage. Mon âme, mon nom sont absorbés par la matière. Et cette mort humide, féminine me fait horreur. Je fuis, cerné par les milliers de fosses, le bruissement des tombes offertes. Je veux revenir vers le lough, mais le tissage des arbres entrave ma progression. Je suis prisonnier du lacis des branches et des ravines, du grand miroir fracturé. Les loutres, les rats, les anguilles d'ombre… Ce pullulement dans ma chair liquéfiée… Leur travail de lances, de canines, de succion froide, d'enlacements… Finir, en finir, sous le couteau de l'embrun et le vent pur des astres…

XXVIII

Il avait neigé. J'eus du mal à atteindre Lonveigh. Le douzième entretien m'attendait au bout de la blancheur et du silence. Je roulais au milieu des arbres cristallisés, des tourbières disparues. On eût dit de grands signes noirs qui surgissaient de la pâleur du territoire. Tout s'était effacé, les marques et les jalons qui bordaient la route avaient sombré sous l'épaisseur de la neige qui, au crépuscule, était plus vive, plus coupante. Il y avait trois mois jour pour jour que j'étais arrivé à Lonveigh et je revivais mon premier voyage jusqu'au château, la menace de la marée, les pluies, le brasier de pierres rouges, l'apparition de l'aigle. On était le 1er décembre. J'avais vu mourir l'été, l'automne, le paysage et la mémoire de Thomas Daigre. J'étais allé jusqu'au bout du chaos.

Le majordome m'accueillit. Il me demanda de patienter dans la bibliothèque. Thomas Daigre n'était pas encore rentré. Le jour était lent à mourir sur la neige : il étalait de larges flaques luminescentes de part et d'autre de l'allée qui divisait le parc, et venait s'écraser sur les lourdes mappemondes colorées qui jouxtaient les croisées. Le majordome m'avait demandé de venir à 17 heures. L'horaire m'avait surpris. Habituellement c'était bien plus tard que je montais au donjon. J'étais très calme. Je ne croyais plus à rien. Captivaient mon regard la découpe des vasques et le drapé des statues sur l'esplanade de neige, la verrière en feu de l'atelier et toutes ces ombres qui montaient à la lisière du lough, chevaux ténébreux, chaos de griffes et d'ailes nocturnes. Et j'étais là, entre la muraille de livres et ces formes qui vacillaient au commencement de la nuit. Les vitres s'opacifièrent, plus bleutées d'abord, avant d'envelopper le bestiaire du jardin. Il n'y eut plus rien, simplement les mappemondes dilatées au seuil des fenêtres murées.

Il fallait attendre. Sam avait éclairé le trésor. Je crus entendre des pas : c'était le majordome qui, à nouveau, allumait d'autres salles. Le rituel s'inversait : c'était à moi d'attendre l'arrivée de Thomas Daigre. Je quittai la bibliothèque. J'allai jusqu'au trésor chercher la protection des anges. Je n'en avais guère besoin, j'étais vidé de toute angoisse. Je n'attendais plus rien, quelques mots peut-être, la *permission* de partir.

Plusieurs heures s'écoulèrent ainsi. J'allais de salle en salle, j'explorais l'architecture vide de Lonveigh. Je doutais même que nos entretiens eussent pu avoir lieu là dans cette coque dressée auprès du lac, je doutais de l'existence de Thomas Daigre. Il ne pouvait pas rentrer. Il n'avait jamais habité la vie. Il n'avait jamais habité *là*. J'étais le jouet d'une lugubre comédie. J'attendais le retour d'un fantôme.

Des ombres défilaient derrière les fenêtres. Les cerfs… Je les voyais passer, s'arrêter sur la terrasse, arborescences compliquées, fouillis de ramures et de caparaçons noirs. Je me servis un whisky. Une rumeur de pas monotones emplissait le château. Fallait-il continuer à attendre ? Sam avait disparu. Je l'appelai : aucune réponse. J'allai voir du côté de la cuisine, il n'était plus là. Je me réinstallai dans la bibliothèque. Ce bourgeonnement de formes que j'avais vu mourir à la frontière du lough m'obsédait. Je ne me remettais pas de l'apparition de cette lisière d'ombres maléfiques. La neige vierge, l'écorce de glace, les bêtes sacrificielles…

Ces ombres, ces mots de Thomas Daigre aux dimensions de monstres velus peuplèrent ma rêverie. Il y avait la case vide de la grande bibliothèque, le donjon déserté, le trésor illuminé et ces mots qui se déployaient sur la neige en traces arborescentes. L'entretien se déroulait là-bas, le douzième, celui-là même qui livrait la clé de tous les autres ; derrière la vitre, j'en devinais la scénographie et j'étais ce témoin distant, condamné à la solitude de la bibliothèque.

Thomas Daigre ne reviendrait plus. Il ne pouvait plus revenir. Je ne me demandais même pas où il avait disparu. C'était ainsi. J'acceptais cette fin. J'avais traversé la neige pour rêver et pour attendre. Il fallait aux mappemondes, aux anges, aux ombres et à la lumière rasante un interlocuteur, un témoin de leur fléchissement nocturne. Il fallait la pesée des neiges sur Lonveigh, l'encerclement de la nuit pour atteindre l'autre côté de la blancheur et du silence.

Épilogue

Je retrouvai mon bureau aux Éditions, la vie parisienne. Me hantait cette masse abondante de notes, de souvenirs et l'effroi qu'avait causé la disparition de Thomas Daigre. J'ai revu au printemps suivant Florence pour une exposition à Lausanne. Elle n'avait aucune nouvelle de son père. Elle persistait à croire qu'il pouvait revenir. À la fin du dîner, comme nous nous séparions, elle m'avoua qu'elle ne peindrait plus jamais à Lonveigh.

Je retardais le plus possible l'instant où il faudrait affronter la mise en forme de mes notes. Je voulais oublier Thomas Daigre. Je demandai à un collaborateur de préparer l'édition du *Journal*. J'étais trop lié à cette longue agonie et à cette mort.

Au sortir du bureau, il m'arrive d'aller errer rue de Verneuil. Au 12, je regarde le porche sous lequel s'engouffrait Thomas Daigre lorsqu'il accompagnait Brieu dans la rédaction du *Van Gogh*. Je marche le long de la Seine. Je ne me libère pas du fantôme de Thomas Daigre. Je m'enferme dans mon pigeonnier et je rêve : j'imagine sa dissolution sur la Chaussée du Nord. À nouveau je me brûle à son visage : je le retrouve dans l'acuité de son exil métaphysique.

Mon pigeonnier, la perspective des toits de Paris ou les porches de la rue de Verneuil ne pouvaient me suffire. J'ai enfin décidé de faire ce voyage en Bretagne sur les traces de Thomas Daigre. Il n'y avait que là que je pourrais écrire mon livre. Dans les toiles forestières d'un jeune peintre, Jean-Luc Bourel, j'ai revu l'Irlande austère, la déréliction des loughs. C'était à nouveau Lonveigh, la rigueur des rocs, j'étais au début des cosmogonies.

J'ai erré dans Brest, j'ai cherché les forts sur la côte, j'ai marché dans la forêt, parmi les pierres du chaos, j'ai poussé la grille du petit cimetière qui domine le village, j'ai trouvé la tombe de la tribu, et, dans les lichens dorés, j'ai gravé le nom et les dates de Thomas Daigre. Il n'était pas là, sous la pierre, tout comme Frédéric, comme Brieu il n'aurait pas de sépulture, pas d'ancrage dans la poussière des os, il me restait à inventer autre chose, à creuser dans l'insomnie des mots un cénotaphe pour Thomas Daigre.

Irlande, été 1988, été 1989.
Bretagne, hiver, été 1990.

DU MÊME AUTEUR

Aux Éditions Gallimard

LA RUMEUR DU SOLEIL, *roman*, 1989 (« Folio », *n° 2662*).

LE DONJON DE LONVEIGH, *roman*, 1991.

LE PASSAGE DE L'AULNE, *roman*, 1993 (« Folio », *n° 2859*).

LIVRES DES GUERRIERS D'OR, *roman*, 1995 (« Folio », *n° 4182*).

LE SONGE ROYAL. *Louis II de Bavière*, 1996.

L'INVENTEUR DE ROYAUMES. *Pour célébrer Malraux*, 1996.

LES SEPT NOMS DU PEINTRE. *Vies imaginaires d'Erich Sebastian Berg, roman*, 1997. Prix Médicis 1997 (« Folio », *n° 3473*).

DOUZE ANNÉES DANS L'ENFANCE DU MONDE, *récit*, 1999.

LE ROI DORT, *roman*, 2001.

LES MARÉES DU FAOU, *roman*, 2003 (« Folio », *n° 4057*).

APRÈS L'ÉQUINOXE, *roman*, 2005.

LA CONSOLATION, *roman*, 2006.

FLEURS DE TEMPÊTE, *récit*, 2008 (« Folio » n° 5443).

LE BATEAU BRUME, *roman*, 2010 (« Folio » n° 5223).

STÈLES À DE GAULLE suivi de JE REGARDE PASSER LES CHIMÈRES, *essai*, 2010 (« Folio », n° 5057).

L'INTIMITÉ DE LA RIVIÈRE, *récit*, 2011.

LE PONT DES ANGES, *roman*, 2012 (« Folio » n° 5675).

LES ANNÉES INSULAIRES, *roman*, 2013.

Aux Éditions Artus

LA MAIN À PLUME, *essai*, 1987.

IMMORTELS, MERLIN ET VIVIANE, *récit*, 1991.

UN DONJON ET L'OCÉAN, *album*, 1995.

L'ARCHANGE ET LE DRAGON, *album*, 1996.

L'ORÉE DES FLOTS, *récit*, 1997.

DES BRETAGNES TRÈS INTÉRIEURES, *album*, 2000.

Aux Éditions du Mercure de France

L'INVENTAIRE DU VITRAIL, *roman*, 1983.

LES PORTES DE L'APOCALYPSE, *roman*, 1984.

LE DIEU NOIR, *roman*, 1987 (« Folio », *n° 2195*).

LES PROXIMITÉS ÉTERNELLES, *récits*, 2000.

LE DÉJEUNER DES BORDS DE LOIRE, *récit*, 2002 (« Folio », *n° 4512*).

LE DERNIER VEILLEUR DE BRETAGNE, *récit*, 2009.

LE CHEMIN DES LIVRES, *récit*, 2013.

Chez d'autres éditeurs

JULIEN GRACQ, FRAGMENTS D'UN VISAGE SCRIPTURAL, *essai*, La Table ronde, 1991.

CHATEAUBRIAND À COMBOURG, *essai*, Éditions Christian Pirot, 1997.

BROCÉLIANDE, *album*, Éditions Ouest-France, 1995.

ÎLES, *album*, Éditions Terre de Brume, 1999.

PARIS, *récit*, Éditions Cristel, 2001.

JÉSUS, *biographie*, Éditions Pygmalion, 2002.

SUR LES TRACES DE JÉSUS, *documentaire*, Gallimard Jeunesse, 2002.

LE DÉPAYSEMENT, *récit*, Berg International, 2002.

LOUEDIN, *album*, La Bibliothèque des Arts, 2002.

CHATEAUBRIAND ET LA BRETAGNE, *essai*, Éditions Blanc Silex, 2002.

DÉAMBULATIONS, volume I, *essai*, Éditions Pygmalion, 2004.

DÉAMBULATIONS, volume II, *essai*, Éditions Pygmalion, 2006.

RICHARD TEXIER, THEORIA SACRA : PEINTURES, Le Temps qu'il fait, 2009.

GUÉNOLÉ OU LE SILENCE DE L'AULNE, *récit*, Éditions Dialogues, 2012.

SAINT PHILIPPE NÉRI, UN LUDION MYSTIQUE, *récit*, Éditions Dialogues, 2014.

À ARGOL, IL N'Y A PAS DE CHÂTEAU, Éditions Pierre-Guillaume de Roux, 2014.

Impression Novoprint
à Barcelone , le 22 décembre 2014
Dépôt légal : décembre 2014

ISBN 978-2-07-046237-7./Imprimé en Espagne.

274362